中国书籍文学馆 名家文存

隔行通气

王 干/著

中国书籍出版社
China Book Press

图书在版编目（CIP）数据

隔行通气/王干著.—北京：中国书籍出版社，2014.3
（中国书籍文学馆·名家文存）
ISBN 978-7-5068-3943-3

Ⅰ.①隔… Ⅱ.①王… Ⅲ.①随笔—作品集—中国—当代 Ⅳ.①I267.1

中国版本图书馆 CIP 数据核字（2013）第 306215 号

隔行通气

王干 著

图书策划	武 斌　崔付建
责任编辑	牛翠宇　卢安然
责任印制	孙马飞　张智勇
出版发行	中国书籍出版社
地　　址	北京市丰台区三路居路 97 号（邮编：100073）
电　　话	（010）52257143（总编室）（010）52257153（发行部）
电子邮箱	chinabp@vip.sina.com
经　　销	全国新华书店
印　　刷	北京富达印务有限公司
开　　本	710 毫米 × 1000 毫米　1/16
字　　数	117 千字
印　　张	14.25
版　　次	2014 年 5 月第 1 版　2016 年 1 月第 2 次印刷
书　　号	ISBN 978-7-5068-3943-3
定　　价	48.00 元

版权所有　翻印必究

目 录

第一辑 吃的闲话

- 002 吃什么
- 004 和谁吃
- 007 在哪儿吃
- 009 酒桌上的红颜
- 011 点菜是个美学问题
- 013 喝酒是个军事问题
- 016 汪氏父子之美食
- 019 马铃薯的文学素
- 022 知青饭店
- 024 初吃河豚
- 026 明府鲞
- 030 味 道
- 032 苦 味
- 034 怪 吃
- 037 酿酒颂
- 040 随笔与茶

第二辑 影视杂弹

- 044　张艺谋是审美的"吸血鬼"
- 046　《建党伟业》少了鲁迅不合适
- 048　《泰囧》隐藏的三大主题
- 051　《非诚勿扰》的文化挑战
- 053　《借枪》二题
- 057　春晚四题

第三辑 文坛随议

- 064　北京人的"三仇"和上海人的"三愁"
- 067　2009年十大文化事件：怎一个"钱"字了得
- 070　2010年好读的11部小说
- 077　真假子弹在飞：2010年文化事件回顾
- 080　2011年十七个词：临界的中国疼痛着
- 083　博客是一种软文学
- 086　人民有被语录的权利
- 088　从灌水到炼油
- 092　这是人民自己的文学

094　当代的"床前明月光"

098　向鲁迅学习散文

100　周国平、毕淑敏、史铁生惹谁了？

102　李承鹏是一种文体

105　让学生未老先衰的高考作文题目

107　不拿枪的敌人

第四辑　阅城读乡

112　在北京，无人知道你是一条鱼

115　南京四篇

122　芝加哥建筑与个园假山

125　杭州复调

129　如何进入重庆

132　云南七章

143　夜游黄果树

145　在临沧参茶

第五辑 世界杯影

150　世界杯开幕式独少一人

152　梅西命如贝克汉姆

154　马拉多拉学的毛泽东军事思想

156　巴西出局说明穆里尼奥神话的破灭

158　荷兰才露尖尖角，就有大力神立上头

160　误判是世界杯的毒瘤

163　黄健翔四周年祭

165　足球也凹造，世界杯也凹造

167　挺英格兰的三十三又三分之一理由

169　再挺英格兰的三十三又三分之一理由 ×2

171　腐朽的没落的资本主义踢法

173　伟大的嗓门无处报国

175　别让世界杯成了欧洲杯

177　玻璃美人又碎了，一地不可捡拾的美丽

179　足球与婚礼

181　意大利夺冠：刘邦如何胜项羽

第六辑 门外论道

- 186 春天的期盼
- 188 特别球迷
- 190 足球与围棋
- 192 韩国之鉴
- 194 关键时刻
- 197 平局难踢
- 199 折　磨
- 201 痴情球迷无情球
- 203 两负伊朗说明什么
- 205 当一回场外教练
- 207 防守的问题也是素质的问题
- 209 "身体"热没热
- 211 输出老茧来了
- 213 虎头蛇尾的赛制
- 215 年终结算

第一辑

吃的闲话

吃什么

吃什么是物质贫困时期困扰人们的大问题，经过战乱、灾荒、动乱的人们都记得为吃什么而犯愁。榆树叶、槐花、树根、野菜甚至观音土是那个时候经常用来填肚子的替代品。可现在生活好起来了，我们也常常为吃什么犯愁。经常一家人不知道下一顿吃什么好，不是没有吃，而是吃什么都不香。人啊，就是贱，少一顿，犯浑，多一顿，没胃口。

所以，聚会。

中国人聚会，基本是聚餐，是为聚餐找理由，为吃找由头。开会是必须吃饭的，如果不吃饭，这会是没法开的，或者说主办者是拎不清的，北京话说，是有点二。备了饭，没人吃，不要紧，但不备饭，这会等于白开。

吃会，是干部们经常的工作，因会而吃，因吃而会，正常得很。在物质贫困期，干部们为了改善伙食找理由开会也是司空见惯的事情，那也是当时老百姓恨得牙齿痒痒的主要原因。平民饥肠辘辘，而干部借开会大吃大喝，这是"文革"期间大字报最常见的内容。

老百姓没会可吃，就吃节。节日是一个民族的风俗，但很多的节日是和吃联系在一起的，至少中国的节日是少不了吃。春节吃年夜饭、元宵节吃汤圆、端午吃粽子、中秋吃月饼，一个节一个吃法，一个节吃一个品种。唯一的寒食节是不动火的，但好像没传下来，中国很多人现在已经不知道寒食节。在寒食节发端的时节，就没有认真地执行，"日暮汉宫传蜡烛，轻烟散入五侯家"。既然不能完全推广，寒食节自然就废了。没有吃喝的节日，是没有生命力的。

光吃节日是不够的，因此又添了红白喜事，生日、满月、过周、祝寿，这些年又添了年会、谢师宴、光棍节、店庆、社庆、厂庆等等五花八门找吃的名目。当然现在的这些事有些变味，最早的红白喜事，往往是邻里街坊、亲朋好友为某家的一个仪式大家凑份子吃一顿。而现在有些变成另一种"拉赞助"，贪官常常借请客敛财，以至于某地有限制官员请客不能超过几桌的硬性规定。明星、财主则借机来显摆奢华，网上直播，民间艳羡。本人今年曾为婚宴联系过诸多饭店，起步常常是三十桌。这是吃什么啊？二三百人是公司开年会啊。如此可见社会风气之浮华。

贺晋也是吃饭最大的理由。晋升了，自然要庆祝。向来有贺晋不贺退的说法，因为进步、成功、晋升是喜事，退位、离岗、"二线"则有点不那么风光，一般是不会再去作投资性的宴请的。近来我听说老作家王蒙为一位从领导岗位上退下来的朋友办了一席酒，明确表示贺退。贺晋，人之常情，贺退，能见境界。

吃会所，是京城近年来的风气。会所也成为高档消费的代名词，京城处处会所可见，或隐或现，或远或近，或雅或俗。但会所常常吃的不是菜，不是味道，不是情分，是人脉，吃人。

和谁吃

吃饭不是问题,和谁吃是个问题。

一约吃饭,就问:都有谁啊?生人太多是不愿去的,生人多了,你一个人就是局外人,也是多余人。每个人都不愿意自己是多余的,都觉得自己是必需的,平常在单位边缘化,到个饭局也叨陪末座,很不爽的。

如果有脾气不投的也不愿意去的,话不投机半句多。中国人吃饭,必须叽叽喳喳的,如果吃得冷冷清清,是组织者的失败。吃饭前,档次、环境重要,但开吃后,气氛比档次更重要。有两人专门抬杠,或者主人老是吃啊吃啊的劝,这饭局多半是失败的,中国有句成语叫一人向隅,满座不欢,那向隅者,是饭局的大敌。

中国人的表达欲在正式场合大多比较含蓄,但在饭局上异常活跃。尤其是三杯下肚,合适的人在一起,那妙语接着妙语,调侃接着调侃,豪气接着豪气,爆豆似的热烈。平常少言寡语的,在这个时候,也忍不住竞相发言。

改革开放初期,胡耀邦曾经竭力倡导分餐制,分餐制的好处自然很多,但是分餐制在中国不大行得通。中国人的大家庭，几代同堂，是福气，也是文化。所谓钟鸣鼎食之家，也是说大家庭的繁荣气氛，但肯定不是分餐制。开会天天吃自助餐，不吃桌餐，大家情绪就比较压抑。患有忧郁症的人，大多是厌食的，尤其厌烦和大家一起进餐，如果整天和人吃喝，这人的忧郁症是可以缓解的。

西方人习惯一个人吃，中国人很不习惯一个人吃。分餐制是西餐的吃法，西餐适宜分餐，比如西餐很少动物内脏，他们爱吃的是块状的肉。中餐分餐就有问题，谁吃鱼头，谁吃鱼尾，谁吃鸡翅谁吃鸡爪，是个问题。中餐任由大家选择，各取所需，爱吃鱼头就夹鱼头，爱吃鸡爪就搛鸡爪，同好者看谁下手快，中国人吃饭倒是体现了充分的民主精神和自由竞争的意识。

如果给大家出两道测试题，你最喜欢和谁吃，最不喜欢和谁吃，不知道回答的结果是不是一样的。最喜欢的不会是家人，最不喜欢的也不是家人。因为家人是不用选择的，所以难言喜欢不喜欢。但恐怕所有人都不喜欢吃饭一声不吭的闷子，他既不劝酒，也不愿意被劝，他不评点菜的好坏，对你的评点也不置可否。闷头吃饭，不是饿死鬼投的胎，就是乏味的哲学家。

好的饭伴，除了口才外，还要胃口好。如果口才好，不动筷子，你只能当听众，你也不好意思盯着吃。好的饭伴会说，让你开心开胃；他的胃口好，也刺激你的胃口。比如北大教授张颐武是著名的学者，又是电视脱口秀的明星，能吃善饮，和他吃饭不但长知识，而且吃啥啥香。他平常很忙，但逢年过节公务少些，我们约上他全家一聚，秀口才，秀味蕾，秀酒量。小饭店，家常菜，淮扬系，酒自带，必备足。

其实，现代人更多的时候常常一人独吃，中午单位的盒饭质量再高，你也是不能拉人喝酒的。当然下班回家，孤独感自然消失。但假如还是一个人吃呢？王杰的歌词唱道：孤独的人是可耻的。一个人吃饭并不可耻，但孤独时常会袭来。唐代大诗人李白是诗中仙,他化孤独为神奇,一人饮酒,常常是苦酒,但他却饮出境界:"举杯邀明月,对影成三人",孤独的快意,快意的孤独。明朗的孤独,孤独的明朗。2008年太太去美国探亲,时间长了点,我一个人在快餐店吃饭,常常有一种挥之不去的孤独感滋生。面对李白,我很惭愧。

在哪儿吃

在哪儿吃好?

家里,太烦。

排挡,太乱。

酒店,一般。

每次和亲友吃饭,似乎都要为选择地点费点思量。

以前请客吃饭好办,无疑是在家里,因为在饭店酒店吃饭的被称为客官。客官者,无家可归者。不能说那些饭店、酒店都是为那些行色匆匆的旅客专门而设,但饭店、酒店的兴起肯定与人口的流动关系密切。本地人,即使办红白喜事也在家里,最多在外面拉个帐篷。

今天吃饭店不是旅行者的专利了,饭店作为第三产业已经成为生活不可或缺的组成部分了。当然饭店分级,酒店标星,让吃饭也成为一次身份和等级的确认。三十年前,请客常在家里,进饭店被视为奢侈的举动。而如今,饭店遍地开花,各种层次和等级的饭店分工明确,在家做饭作为上班族的累赘,已经被社会化的第三产业切除。做饭者,常常是有闲者、爱好者和非高薪者，社区里那些快餐小店发挥着当年食堂的功能。

美食爱好者、饕餮之徒则常常为何处用餐发愁。

五星酒店，环境优雅，但味道常常不如人意，甚至牌头越大的味道越差。前不久全国作代会代表住在一家老牌的五星酒店，这家与共和国名声差不多响亮的饭店的自助餐，让代表们头疼不已，很多人都跑到附近的小饭店吃饭，有的女作家甚至去吃麦当劳。当然也有菜味好的五星酒店，但价格昂贵，不宜常吃。

在北京吃饭更麻烦，因为这个移民城市，口味东南西北，爱好酸甜苦辣，饭店更是琳琅满目，五味杂陈。当然如果是老食客聚会，好办，就是那几个点儿。比如我与朋友聚会，去得最多的是云腾食府，那儿的云南菜对我们的胃口。但也有差点失算的时候，有一次我们出版社请江苏赵本夫、范小青等一干作家吃饭，社长潘凯雄说，请他们吃江苏风味的吧，我说，他们天天吃江苏菜，到北京还吃？于是根据我的建议，就去了云腾食府。没想到，刚坐下，范小青因为是老同事，就毫不客气批评我：王干怎么安排我们吃云南菜，又酸又辣。其他人的表情也在附和。

我说，云南菜不只是又酸又辣，有非常对江苏人胃口的。大家将信将疑，还好，这一顿吃了一半，大家就很开心，云腿小月饼、蒙自年糕加了三次，酒喝了四瓶。事后想想，这样的安排带有一定的风险，因为范小青们在开心之余，还怀疑这是不是正宗的云南菜。

很多人到北京来，想吃北京风味，而北京风味对异乡来的人，是不大对胃口的。尤其是那些游客，匆匆排队，急急忙忙吃烤鸭（很可能是凉的），味道是可想而知的。所以很多人对北京的风味是口头赞誉心里低估的，很多人对北京人的饮食生活是深表同情的。我的妹妹到北京来，我们一家带她吃烤鸭，吃炸酱面，吃涮羊肉，吃我们认为有北京特色的菜肴，她也高高兴兴地走了。没想到去年春节回家，妹妹很认真地说，你们退休以后还是回家养老吧。我说，为什么？她迟疑了半天，说，那儿的菜太难吃了。

天哪！原来我选错了吃饭的地方！

酒桌上的红颜

秀色可餐，形容美貌动人无比，只有用吃来作为最高的境界。中国文化一大特点是善于用吃来比喻，"治大国如烹小鲜"，说的是治国这样的大事，"狗行千里吃屎"，是说本性难易，"吃亏"，是说失利、失势、失败，是亏损、溃退、蚀本，但无可挽回，因为吃进去了。

秀色可餐，这秀往往不好吃，吃下去，也吞不下，吞下去了，也消化不了。消化了，也会带来倾国倾城的隐患，因为"自古红颜多薄命"，于是有女人祸水的错误之说。但餐桌上无"秀"，也往往缺少了很多的滋味。八条汉子、十条汉子在那喝酒，是一种变相的斗殴，是酒劲的较量，但如果有红颜的加入，就另有意味了。原因古代君王饮酒，必有美女歌舞，今日权贵聚餐，少不了靓女名模。酒色财气，财气最能通过酒色体现。

喝酒不是男人的专利，酒桌上常常不缺红颜高手。女性微醺，会比平常多几分娇媚和柔情，《红楼梦》里史湘云被人称颂，除了那一手好诗外，还离不开那次著名的醉酒。第六十二回，史湘云和林黛玉比才斗诗玩谜语，先赢后输，被罚醉，因而有了文学史上的著名描写："果见湘云卧于山石僻处一个石磴子上，业经香梦沈酣。四面芍药花飞了一身，满头脸衣襟上皆是红香散乱。手中的扇子在地下，也半被落花埋了，一群蜜蜂蝴蝶闹嚷嚷地围着。又用鲛帕包了一包芍药花瓣枕着。"芍药花瓣，蝴蝶蜜蜂，煞是迷人。

《红楼梦》的时代，女性饮酒属于半禁忌，只有大观园中的女眷们方可如此醉卧芍药。近百年来，西风东渐，男女平等首先在饮食上实现，原来女人不上桌的陋规早破，女人饮酒也就顺理成章了。就我所知，当代女性饮酒者并不比女烟民少，早先的三里屯酒吧、现在的后海酒吧美眉们的数量和须眉相比，男女比例绝对不会失调，而是旗鼓相当。夜色降临，夜风习习，红颜们和知己或非知己们在略带消沉的音乐中碰杯，一吐块垒，一解心愁。设想一下，如果后海的酒吧，少了那些风姿绰约的红颜美眉们，会是怎样灯火不辉煌、夜色不迷人！当然美眉红颜去后海，也是为了看风景，但她们也成立了风景的一部分。

不过，酒桌上的红颜常常不是为知己而饮，她们会带着任务去喝，是另一种的牺牲。记得几年前曾有某地发生女公务员因陪酒身亡被追认烈士的事件，当时舆论一片哗然。从受害人来说，要求赔偿是正常的，但作为一级政府，把喝酒作为任务交给她，是可耻的。

看到这则新闻，我想起了那个著名的荆轲刺秦王的故事。荆轲为什么愿意去充当人体炸弹，除了对秦始皇的不满外，还有一种传说，说是燕子丹为了让荆轲刺秦，花了很长时间让荆轲花天酒地，"车骑美女恣荆轲所欲"，凡事都顺他心意让他高兴，过着神仙般的生活。有一次，燕子丹和荆轲饮酒，饮酒必有美色相伴，当时一美女古琴弹得极为美妙，荆轲称赞女琴师的那双手太动人了，不一会，燕子丹让厨房上了一道亘古未有的菜肴，盘子里放着一双美丽绝伦的纤纤玉手。燕子丹为讨好荆轲，将那个年轻美丽的女琴师的双手砍下来，作为荆轲的下酒菜。荆轲无以回报，于是舍身刺秦。我对燕子丹的行径充满厌恶，燕国后来的灭亡也是必然的。如此视人民、视女性如草芥的王朝，岂能不亡？

点菜是个美学问题

  我第一次在电脑上看到"菜单"这个词有些不解,电脑是高科技,是很雅的事,怎么和吃喝这种日常生活的俗务联系到一起呢?因为当时我是用电脑弄文学,对文学有一种莫名其妙的神秘感。等时间用长了,才发现菜单这词真的很准确。

  菜单意味着什么?选择。选择是一种自由,也是一种限制。在电脑上的菜单选择,相对简单一点,你的路径比较明确,所以鼠标不会特别为难。而到生活中吃饭的时候,面对菜单,颇费思量。

  点菜的活不好做,常常是吃力不讨好的事情。众口难调,每个人心中都有一个理想的宴席。但每个人又说不出理想宴席的太具体的明细,如果说出来,不见得菜单上就能够提供。更何况每个人的口味相异,尤其北京吃饭,朋友们五湖四海,天南地北,能让每个人满意是需要足够的统筹学本领和心理把握能力。

  首先是价格问题。请客是个面子工程,是给被请者的面子。这面子,基本是通过饭店格局和点菜来体现的。当然是越奢华菜价越贵,越给面子,但是，请客常常是有计划地花钱，不是花钱如流水。花钱如流水，是给对方面子了，但对方不见得就领这个情。因而，在大饭店里，不见得一定点最贵的菜。而在小饭店里，如果再点最便宜的菜，这可能比不请客还糟糕。照顾价格，大菜要点，小菜也要点。菜要显得丰富，表示主人热情好客，但如果菜过多，则显得浪费不环保，同时也说明主人的协调能力和统筹能力较差。如果是合作伙伴，当然就会对你的团队的能力产生怀疑，连点菜这个小事都安排不妥，甭谈大的合作了。

搭配问题。刚才说到了大菜和小菜搭配的问题，自然也有荤素搭配的问题，还有地方特色和"普世价值"的问题。我看过开国庆典的菜单，虽然开国元勋里面的湖南人、四川人、江西人、湖北人不是少数，但周恩来按照淮扬菜定的菜单，除了芥末墩和菠萝饭以外，清一色的淮扬菜。这是因为淮扬菜有"广谱"适用性，所有人都能接受。如果用了湘菜、川菜可能会让毛主席、朱老总大开胃口，但怕辣的人就可能下不了筷子。

一般饭店里，往往有几十种上百种的菜肴供你选择。点菜就变成了一个考试，既要考饭店厨师的能力，也要考你捕捉美食的能力。很显然，并不是每道菜都精彩，更不是每道菜适合每个人，加之当天的主客，这点菜就变成复杂的美学问题了。

美学的复杂性在于审美的不可量化和简单复制，杨丽萍的舞蹈自然可以通过电脑分析出数据，但这数据很难培养出杨丽萍式的舞蹈家来。即使饭局能够复制相同的美味来，但赴宴者不见得喜欢，何况美食的难度在于千篇不一律。单位的食堂为什么办不好，因为菜单的不变，哪怕品种再多，久而久之，就没胃口了。

美在变化中，美在流动中，美食其实是厨师、食客、点菜人之间的合理组合，构成那道看不见的黄金分割线。规律就是嘴巴怎么调度手，而手如何牵动整个的口腔神经，吃得好，说得才好。

喝酒是个军事问题

聚会不喝酒,如同喝茶不放茶叶。

聚会的类型是各种各样的,有的是公务,有的是私情,公务如开会,如宴请,私情如同学会、老乡会,公务私情凑到一张桌子上来,都是要气氛的。这气氛,不光是吃几个菜,喝一碗汤,肯定要喝几杯。这几杯如何喝,可是有说法的。

喝酒是有主题的,主题各种各样,但酒桌上的人,总是希望有人被击倒,但这个喝倒的人们是谁,千万别是你,请客有主宾,一般主人希望主宾喝高兴,什么叫喝高兴,就是喝高了。如果你是陪客,你喝倒了,属于喧宾夺主,浪费了主人的酒,还伤了自己的身体。如果你是主宾,喝倒了,有失仪态,弄不好还酒后乱许愿,乱承诺,如果再乱签字,就更糟糕了。所以,把握好自己,做好主角和配角,是不被击倒的基本酒德。

也常常出现一些无主题的酒局,但这种酒局常常混战一团。因为酒桌上从来不乏较劲的人,这一较劲,就要分出高下来,高下不见得是酒量,而是酒智。喝酒的智慧,如同用兵打仗,如何团结一切可以团结的力量,结成最广泛的统一酒线,"打击"最强大的对手,是酒客的军事哲学。酒桌如战场,你要审时度势,观察好"敌情",合理分布酒力,何时劝酒,何时敬酒,把握好良机。笑到最后。

最常见的是高调喝酒者,气势如虹,先声夺人,咕咚咕咚几杯下肚,赢得满堂彩。气氛因此产生,于是你一杯。我一杯,觥筹交错,其乐融融。高调进入者,往往低调退出。像打仗打冲锋的人,易损兵折将。而那些不动声色,常常开局号称不能喝的人,往往会是潜在的杀手,待众人皆半醉他独醒,再出招,一剑封喉。

那些酒场老将们,也会常常遭遇到挑战。北京作家刘一达是写老北京的高手,我读过他的《掌上日月》《胡同味道》,那股老北京的味儿和老二锅头一样,足有68度,浓烈醇厚。他是饮者中的高手,在电视上夸过海口,摆过擂台,是酒坛上的常胜将军。常有不服气的,上门斗酒,刘一达来者不拒。他的惯用战法,是重武器先用,每人一大缸,足有三两,如不认输,再来一大缸,基本摆平。我问老刘,你怎么受得这猛酒了?一达兄说,一我是主场,养精蓄锐,以逸待劳,他车途劳顿前来挑战,先输了一阵。二是,酒量大的,往往是慢酒。喝快酒的常常是馋酒。果然是军事问题,扬长避短,攻其不备。另外,刘一达还私下告诉我一个小诀窍,就是斗酒前,先吃一个二两大馒头,海绵似的吸酒。我在这里透露秘方,希望刘大将军不要见怪。

也有不畏醉酒的,甚至醉后不悔的。评论家孟繁华属于酒桌上的高调进取的先锋,他是那种"尽管筛来"型的,喝不到位,是不肯离桌的。所以作家们吃饭,常常会想起他,我看过一位女作家写他的印象记里写道,孟教授酒品甚好,喝高了,身份证、钱包随时乱扔,说是身外之物。多可爱啊!

当然,可爱是别人眼中的感受,而当事人就不一定了。我在北京醉得最惨的一次,是十几年前,刚到北京,为刊物扭亏为盈,要拉一万块钱的封底广告，请人吃饭，咕咚咕咚表示热情，豪言壮语，胡言乱语，然后钻到桌子肚里，醉得不省人事。第二天醒来，发现躺在单位的宿舍里，不知道怎么被送回来的。想吐，又吐不出来。喝酒的都知道，醉了不怕吐，就怕吐不出来。吐了，就轻松了，好多人还可以接着喝，但吐不出来，意味着内脏中毒了，难受无比。那次我昏沉沉睡了一天，直到傍晚，好心的同事看我一天没动静，敲门知我醉了，拉到医院输液，才慢慢缓过来。

而且，酒后出尽洋相，当时一位好友因我言语伤人，当场退出，与我绝交，而我浑然不知。人生败仗，不堪回首。

汪氏父子之美食

汪朗的书，让我写序，颇感意外。

汪朗是汪曾祺先生的大公子，资深媒体人，烧一勺子好菜，写一手好散文。

和汪朗的交往一直追叙到25年前。那时候汪曾祺老先生住在蒲黄榆，我被借调到《文艺报》工作，因为孤单，周末节假日隔三差五地到老头家蹭饭。蹭饭是一个原因，更重要的是，汪曾祺先生是我们这一代人的偶像，当时没有粉丝这个词，我是汪先生的追随者、模仿者、研究者。能和自己的偶像一起进餐，是粉丝最幸福的事了，精神上的享受也是最高级别的。

汪曾祺在文坛的美食大名，跟他的厨艺有关。据汪朗统计，除了汪先生的家人，我是尝汪先生的厨艺最多的人。因为吃多了，总结老头的美食经，大约有三：一是量小，汪先生请人吃饭，菜的品种很少，但很精，不凑合。量也不多，基本够吃，或不够吃。这和他的作品相似，精炼，味儿却不一般。二是杂，这可能与汪先生的阅历有关，年轻时国家动荡四处漂流，口味自然杂了，不像很多的江浙作家只爱淮扬菜。我第一次吃鸡枞，就是1986年在他家里，炸酱面拌油鸡枞，味道鲜绝。直到现在，我拿云南这种独特菌类招待人，很多北京人、很多作家不知鸡枞为何物。三爱尝试，他喜欢做一些新花样的菜，比如临终前十几天，他用剩余的羊油烧麻豆腐招待我，说：合（ge）味，下酒。

因为周末汪朗带媳妇孩子看老爷子，我们就认识了。汪朗一来，汪先生就不下厨了，说：汪朗会做。老头便和我海阔天空地聊天，当然我开始是聆听，时间长了，也话多起来。汪朗则在厨房里忙这忙那，到十二点就吆喝一声：开饭了。汪朗做的饭菜好像量要大一些，我也更敢下筷子些，味道更北京家常，不像老头那么爱尝试新鲜。

老头走了，我们都很难受。

之后看到了汪朗怀念父亲的文字，不禁惊喜，文字的美感也会遗传吗？又看到他谈美食的文章，就更加亲切了，因为我也写写关于吃喝的文章，但基本是借题发挥，和他的"食本主义"比起来，我像个外行，以致他发现我文章的常识错误，将麻豆腐误作豆汁儿。十几年前，我曾在文章里写到汪先生用羊油做豆汁儿，去年汪朗忍不住说，豆汁儿从来不进他们家的门。至于对食的历史渊源和掌故，他更是如数家珍，信手拈来，当代文人，鲜有其格。

他也有不及的时候，有一次我说到汪先生送我朝鲜泡菜的事，他很惊讶。他不知道老头儿居然还会做泡菜，他自己都没有尝过。我就更加得意了，老头儿用的是当时流行的装果珍的瓶子，我至今记得很清楚。记得老头儿很得意，说泡菜可以这么做。不知道老头在泡菜里面加些什么，汪先生说了，我当时没记住，也没吃出来。

我到北京十余年，与汪朗的往来也慢慢勤了些，时不时地还在一起切磋下食经，他的嘴巴很刁，我推荐的饭店他总能品出其中的最好味道。我写的一些小文，他时不时鼓励一下。前不久，他电话邀我吃北京的卤煮，那家位于蒋宅口的老北京风味确实地道，我们几人咀嚼出卤煮的结实和韧劲。那一天他从家里拿来茅台酒，酒过半巡，他说出原委，我的书重版，你写个序吧。哈哈，原来是鸿门宴。我们都乐了，其实还是想找个理由在一起喝酒聊天。那天喝得很高兴，手拉手兄弟般的。

汪家的人厚道，实在。汪朗显得更为宽厚，我一直视他为兄长，但他的一次举动却让我意外。2011年5月，我女儿结婚，汪朗自然要作为座上宾。宴毕，众人散去，发现汪朗还在电梯口，我说你还没走啊，他说，我帮你送客人呢。我说，都走了。他说，我得等他们都走了，我才走。我虽然比你大，但你和我父亲是一辈儿的，家里有事，晚辈我该最后走。

家风如此，文风自然。

马铃薯的文学素

每个地方的马铃薯，味道都是不一样的。它在什么地方生长，就和那个地方的气息融到了一起，然后变异，因而马铃薯的品种之多，让植物学家们为之挠头。

马铃薯的名字太丰富了，好像还没有一个农作物有如此复杂的"笔名"。山东叫地蛋，云贵称洋芋，广西叫番鬼慈薯，山西叫山药蛋，安徽又叫地瓜，东北各省多称土豆，广东人叫薯仔。我的家乡在苏北泰州，和上海人一样叫它洋山芋，我们把红薯叫山芋，马铃薯是舶来品，加"洋"前缀，自然。国外怎么称呼它，我现在无力去考证，但按照马铃薯随性生长的适应能力，它在国外也会有其他的叫法。

1978年我开始接触中国现代文学史，知道两个著名的文学流派，一个是山药蛋派，一个是荷花淀派。荷花淀派以孙犁为代表，山药蛋派以赵树理为代表。他们的出现改变了现代文学史的农民形象，尤其是赵树理的一系列小说，为我们塑造了一些欢乐的喜剧农民形象。比如小二黑，和鲁迅笔下的闰土、祥林嫂、阿Q是不一样的。赵树理的出现，改变了中国现代文学的生态，原先在启蒙者笔下"被启蒙的农民"，有了喜悦的表情。现在想来，当年为山药蛋派命名的人真是太有才了——山药蛋的质朴、深厚、皮实、实用，和赵树理们的小说十分吻合。

汪曾祺曾在一篇题为《马铃薯》的散文里，写到他与马铃薯的故事：老先生被打成右派，下放到张家口的沙岭子农科所，居然画成了一本《中国马铃薯图谱》。他自己认为这是他一生中"很奇怪的作品"，遗憾的是在"文革"中消失了。被毁了？不知道，或许被人悄悄收藏了？现在献宝出来，献给现代文学馆，功德无量。

汪曾祺爱戴花鸟鱼虫，对马铃薯也充满感情。他说，"我对马铃薯的科研工作有过一点很小的贡献：马铃薯的花都是没有香味的。我发现有一种马铃薯——'麻土豆'的花，却是香的。我告诉研究人员，他们都很惊奇：'是吗？我们搞了那么多年马铃薯研究，还没有发现过。'"这就是汪曾祺，对生活的爱意使他不放过每一个生活的细节与角落。

我有机会到各个地方，吃过各地的马铃薯，并且品味出各个地方马铃薯的差异。我印象是这样的：山东的宜做成土豆丝，东北的适合乱炖，西北的烤着吃，香。评论家阎晶明带我到大同吃过那里的山药蛋，烤炒炖煮，都有嚼头，让我对山药蛋派增加了更直接的认识。

这一次来到宁夏西吉，有人告诉我：西吉有三宝。我好奇地问：哪三宝？他说：洋芋、土豆、马铃薯。大家哄堂大笑。我没有笑，我觉得这貌似民谣的笑话里，潜藏着西吉人的自豪和苦涩。西吉就是张承志笔下"西海固"的"西"(其中，"海"是海原，"固"是固原)。张承志笔下的西海固贫瘠而强悍，血性而坚韧。西吉县甚至曾经被列为"不适合人类居住的地区"。马铃薯成为西吉县的特产，让我对马铃薯这个普通植物肃然起敬。西吉被称为"苦甲天下"，是中国西部最贫穷的地区，马铃薯成为西吉人的"三宝"，可见它对他们生存的重要。正因马铃薯的出现，才让这里的人们有了生存的可能。

让人想不到的是，西吉还是全国第一个被授予"文学之乡"称号的县，这里的文学创作异常活跃，形成了颇有气候的创作群落。西吉籍的作家获过鲁迅文学奖、骏马奖、春天文学奖、冰心文学奖，这马铃薯之乡居然是文学之乡！是因为贫穷吗？我隐隐地想起了山药蛋派。记得2004年评春天文学奖时，王蒙听说青年作家了一容是东乡族，来自西海固，顿生敬意。他说，在那样的艰苦环境里写小说，难得。了一容肯定是吃土豆长大的，我在一篇文章里看到他对马铃薯心存感恩。西吉的作家是马铃薯派吗？

南京有个诗人叫马铃薯兄弟，给人兄弟组合的感觉。他在网上微博的名字叫"马铃薯兄弟A"，其实就是一个叫于奎潮的人。我怀疑他年轻时被起绰号是马铃薯，因为他生得挺拔结实，与之颇有几分神似。他的诗写得简洁，富有骨感。我有个老乡叫庞余亮，1990年我在《钟山》杂志当编辑，他在沙沟中学当老师，给我寄了一组诗歌，内容是写农民与庄稼的感情的，其中写到马铃薯。我回信给他，高度称赞，说让我想起了艾青。遗憾的是当时的《钟山》不发诗歌。我们的家乡很少种马铃薯，而且味道吃起来，酸酸的余味，一点也不粉……难道马铃薯中含有一种天然的文学素？

知青饭店

很多城市都开了知青饭店。人们在吃够了粤港海鲜楼、北京烤鸭店、四川火锅城之后,会到这里来调剂一下口味,开一次"土荤"。

"知青"的含义在新版的《现代汉语词典》里是这么解释的:知识青年。而该词典的"知识青年"的条目中又是这么解释的:指受过学校教育,具有一定文化知识的青年人。如果依照《现代汉语词典》的解释,70年代以后出生的人对"知青"这个词是不能理解的,因为在初中普及义务教育之后,所有的青年人都必须接受学校教育,都具有一定的文化知识,"知识青年"这个词就可以取消了。事实上,在我们今天的词汇中,知识青年几乎消失了,而它的特指"知青"倒时时会出现,因为那些在"文革"期间从城市(很多是从学校)走向农村的一大批人,正年富力强的人到中年,他们不时地想起这个由特定历史指派的身份。为了纪念,为了反思,也为了怀旧,"知青"会时不时地聚一聚,有关"知青"的文字不时可见,近期以"知青"为主题的老照片画册也进入图书市场,据说销路还挺好。

知青饭店也就是在这个意义上出现的,它最初的创意可能是为了唤起老知青们的怀旧之情,提供一个聚会的地点。而现在,到知青饭店的人则已不全是"知青"了，甚至不是"知青"们的后代。知青饭店成为城市的一道风景，成为城市食谱中的一道口味，像傣族的竹楼、南京的鸭血汤、新疆的羊肉串一样，是人们想品尝到的一种风味。怀旧的本义被亵渎了，怀旧被作为一种商品开发了。连韶山的毛家饭店也四处"连锁"，"知青"也更难免俗了。

很多知青饭店便是依照这种风味的模式去做的。它们大多按照那个年代的生活方式来装潢店面，军帽、草帽、搪瓷缸、桅灯、语录牌、毛主席像、毛主席像章、红宝书（一种特制的毛主席语录本）等一些具有时代特征和生活特征的用品一应俱全，而且都是旧货，颇有一点微型博物馆的味道。菜谱上很多标上了"知青"的字样，比如：知青红烧肉、知青青粉皮，但实际上很多是当地农家的家常菜。比如我吃过的一道知青韭菜汤，实际上便是苏北农家最常见的应急之作。我的一个朋友程军插队在宝应，发现韭菜做汤味道很好，回宁以后也就变成了他们家的家常菜了。

虽然各地都叫知青饭店，但还是体现了不同的地域特色。比如北京的知青饭店里，那种民间的非慈禧御用的窝窝头，粗糙得难以下咽，还是让人想起艰辛的岁月。而无锡知青饭店的包间的名称就别具一格，它不像一般的饭店以"北京"、"上海"这样的地名或"红星"、"铁手"、"修地球"等当时的流行词命名，而是用"盐城"、"大丰"、"射阳"、"滨海"、"东台"这些苏北地区的地名，足见其地域色彩。不难想象，当时无锡的"知青"就是插队到这些地区的，而老"知青"们一见到这些地名便会有一种亲切感涌上心头。我印象最深的是昆明翠湖边的一家知青饭店，一进店堂便见一张锈迹斑斑的犁，犁铧渐秃，犁把黝黑而光滑。饭店的经理就是这犁的主人，插队十年，他就扶着这张犁耕耘了十年，十年的青春热情就浸入到这张犁和犁下的土地上。返城时，他就从西双版纳带着这张伴他度过青春岁月的木犁回到了昆明。或许是这张犁启发了他，开饭店时，又将这沾着西双版纳泥土的犁"陈列"在饭店的中央。每天，他和它相对无言，亲切而感伤。

初吃河豚

拼死吃河豚。此言流传甚广,使得这一水产品蒙上了神秘而又可怖的色彩。河豚鱼的鲜美有时居然要以生命为代价,其味实非人间之物。当然,拼死吃河豚还有另一种解释,这就是人们在饥饿时以此作为食物聊以生存,宁可胀死,不做饿死鬼。记得在学校学现代文时,读过著名作家王任叔(巴人)的小说,就是描写一户农民因缺少食物而误吃河豚全家身亡的。这个短篇小说简约有力,写出了灾难岁月的人性美,至今难忘。

现在已经不会有人因为饥饿去食用河豚了。人们在春江水暖时节去烹尝河豚是为了享受或者说刺激,当然每年都会有人食用河豚中毒身亡,告别人世。

吃河豚,实在是一件了不得的诱惑。

去年便想冒一次险,但错过了时节,清明一过,便无河豚上市了,只得抱憾而归。2001年3月25日,正好《雨花》在扬中开会,便又去了,以了却悬挂了一年的心思。

中午，未到扬中，便看到《镇江日报》上的一条消息：前天扬中一人因食河豚中毒，抢救无效，身亡。这给我们一行平添了一层恐惧的阴影，奇怪的是，又隐隐担心这次吃不到河豚，再度抱憾而归。

出人意料，热情好客的主人专门备了这道菜，当热气腾腾的河豚鱼上桌之后，我们竟惊慌失措，不知如何是好。扬中文联的同志热心介绍这道"长江三鲜"之一的名菜，但并不劝我们吃（据说这是规矩，虽说县政府招待所烹烧此菜万无一失，但万一呢？），我看场面挺尴尬，有一种充当好汉的冲动，便夹起一大块鱼皮大咬大嚼起来，在座的人都盯着我（现在想来，这是心里紧张导致的错觉），好像是在欣赏我的勇气。据说若是中毒了，在十五分钟之内必然出现反应，当然，等发现反应是无可救药了。不知谁说了一声，河豚的皮很嫩，如果洗不干净最易中毒，我一下子浑身起了鸡皮疙瘩，脑子晕眩起来，一个念头跳出来：是不是中毒了？之后便强作镇静，不再去"禁区"伸筷子，偷偷窥看餐厅墙壁的挂钟，希望时间早些越过十五分钟。真是度时如年，我几乎嗅到了死亡的气息。后来我发现，我们同座的"客人"都在暗暗地接受十五分钟的残酷煎熬，都有口无心地在偷偷地"读秒"。

死神肯定没有光临。要不然，我怎么会在这儿津津有味地渲染这一经过呢？不过，河豚的滋味如何，实在说不出，神经太紧张了！

明府鲞

去光明村的路上,我没有想到会吃到明府鲞。光明村是镇海区的第一村,虽然那叫做村子,但已经全无乡村的痕迹,像城市里的一个新的小区,老的小区是没有那么多树木和绿化地的。说光明村是社会主义新农村,不如说是社会主义新城市,因为现在的城市建设很多方面是要恢复乡村文明,将乡村的绿水青山、乡村的自然和谐、乡村的无污染、无公害移植到城市中。光明村在保存乡村文明的基础上,又建立了现代化文明,堪称新农村或新城市的典范。

在光明村,我们吃到了明府鲞。明府鲞是宾馆里吃不到的美味,它应该是光明村曾经的渔村记忆。《宁波日报》的老朱是个小说新秀,他在向我介绍这道菜时,始终解释不清楚,村长说,这是最好吃的。我们就一起下筷子。来自北方的韩小蕙、王祥夫等人,吃了一口,私下里对我说,怎么有点味儿?我当时不知道明府鲞这几个字怎么写,但那味道很熟悉,类似我小时候吃过的萝卜鲞的味道。有点咸,有点酸,当然还有点臭。他们不好意思说出那个臭字,我就告诉他们,是不是有点臭豆腐的味道,他们点头称是。

我就趁机向他们宣扬我的美食经：人的口味是随着年龄的增长而变化的，随着经历的变化而变化。童年时代最喜好吃甜，小孩子生下来你给他吃酸辣苦，他会哭着拒绝，但如果你给他甜水，就会止住哭，很享受地吮吸。等稍稍长大了，就可以吃一些酸的，比如调料醋。再大一些的时候，开始接触辣味，川菜、赣菜、湘菜都是靠辣出名的。灌辣椒水虽然是被视为酷刑的一种，但人们对辣味的热爱却经久不衰，改革开放以来，辣菜红遍大江南北。酸甜苦辣，是人生中的多种况味，人生对酸苦的认识，常常在伴随着失利、失落、失败情绪的滋生。苦瓜之类的食品对应着人生的苦涩。吃苦，吃苦，是小时候大人教诲孩子的口头禅，能吃苦常常对一个人的褒扬和称赞，不能吃苦常常是对不敢大用之人另类的称呼。

但说到臭，很多人就会掩其鼻子远而避之，但爱吃臭味菜肴的人不在少数，杭菜里有一道油炸响铃，就是油炸臭豆腐，无论是老杭帮菜还是新杭帮菜，都大受欢迎。徽菜里的臭鲑鱼，是徽菜的经典菜，去徽菜馆几乎无人不点。而武汉人，号称他们的臭豆腐煲，天下最臭。那不是贬抑，而是自我颂扬。

明府鲞显然也是臭的，光明村的村长告诉我们，明府鲞是用墨鱼加工而成。墨鱼，俗称"乌贼"，晒干成鲞，是宁波非常有名的海特产品。宁波古时候称明州，明州府的鲞就是明府鲞了。墨鱼每年三至五月为旺产期，除鲜食外，大都被加工成明府鲞。用刀把墨鱼的腹部切开，再切头部，穿过眼球。再由尾部起摘除全部内脏，保留骨片，经在阳光下多次翻晒成干品，就成了鲞。

《红楼梦》里也有对"鲞"的精彩描述，不过说的不是明府鲞，而是"茄鲞"。

读者之所以对"茄鲞"产生怀疑，大多是由于对古代的饮食典籍较少阅读，更不必说深入研究之故。首先，人们对"鲞"字的理解有片面性。

一提起"鲝"字来，就想到鱼鲝，非鱼不鲝。生活于南方的人，尤其如此。其实，除了鱼可以"鲝"外，果蔬类也可以"鲝"。例如，元代食谱《居家必用事类全集》已集有"造菜鲝法"。其文云：

造菜鲝法：盐韭菜去梗用叶，铺开如薄饼大，用料物糁之。陈皮、缩砂、红豆、可仁、甘草、莳萝、茴香、花椒，右件碾细，同米粉拌匀，糁菜上，铺菜一层，又糁料物一次，如此铺上五层，物重压之，却于笼内蒸过。切作小块，调豆粉稠水蘸之，香油炸熟，冷定，纳瓷瓶收贮。

此即"韭菜鲝"。文中详述了其用料、制作经过。将文中的"切作小块，调豆粉稠水蘸之，香油炸熟，冷定，纳瓷瓶收贮"，与《红楼梦》中"茄鲝""俱切成丁子，用鸡汤煨了，将香油一收，外加糟油一拌，盛在瓷罐子里封严，要吃时拿出来，用炒的鸡瓜一拌就是"对看，二者异曲同工，如出一辙。

"韭菜鲝"之外，还有一种"萝卜鲝"。清人舒敦在《随园诗话》中所写的批语有一则记载，文曰："承恩寺瓶儿辣菜极佳，萝卜鲝尤妙。"以上二例说明"鲝"法也适用于果蔬，非限于鱼类。仅就我自己生活中所见，经过晒干的果蔬还有南瓜干、豆角干、葫芦干、地瓜干、山楂干、梨子干、蕨菜干……北方人多称某某"干"者，也就是"鲝"。所谓"茄鲝"、"萝卜鲝"，只是见于记载者，不见于记载者更不胜枚举。

至于有人说"茄鲝"有"九蒸九晒"不合理，这恐怕也是想当然耳。2001年上半年，我应邀去洛阳师范学院中文系讲学，这期间主人请我吃著名的"流水席"，其中有一道"牡丹燕菜"，美味可口。于是我向主人请教其中主料是什么，主人告之曰："此乃当地出产的萝卜切成丝，经过'九蒸九晒'之后用鸡汤煨过而成。"传说这个制法从唐代武则天当政时即有，流传至今。这件事我之所以记忆深刻，一是美味难忘，二是此即"萝卜鲝"制法的活证据。既然"萝卜鲝"可以"九蒸九晒"制成"牡丹燕菜"，那么怎能说"茄鲝"九蒸九晒就不合"烹饪常识"呢？

从 20 世纪 80 年代初起，北京中山公园内来今雨轩的厨师们就开始研制"茄鲞"这道菜，他们是用鲜茄子削皮切成丁，然后过油与各种干果仁（研末）热炒，可谓改良的"茄鲞"。京内大观园红楼酒家则是冷拌，用料也不尽相同。两家的"茄鲞"各有特色，为"红楼"美食增添了新的品种，同时也给研究者带来新的话题。我以为小说中的"菜"都是艺术化了的，倘若制出来，只能是各有其味，好吃就行了。

味 道

  有人把人生的体验与人的味觉联系起来，说可分甜酸辣苦四境界。第一阶段是爱吃甜，婴儿刚刚降生，见了甜水就爱喝；第二阶段是吃酸，十七八岁的女孩往往都爱吃话梅，一般人家都是用醋作调料；第三阶段是吃辣，在我们日常生活中红辣椒和绿辣椒，是很受欢迎的，家家都不拒绝它们进门，只是因家制宜，根据口味来选择辣味不同的品种。至于苦的境界似乎有些"小众化"，很多人畏苦怕苦。这或许是人们尝够了生存的困苦和艰辛，不想自找苦吃了。

  这种说法显然有它的局限，因为忽略了不同地域的饮食习惯，比如云贵川湘鄂地区人好辣喜麻是多年的习性，我们就不能说他们的人生境界就比其他人高，而上海周围的人喜好酸甜，不能认为这些酸甜族的境界就低。四境界的分法只是一种比喻，旨在说明人生便是各种滋味的混合体。

  我小时候特别爱吃甜食，长大以后发现，几乎所有的人都爱吃甜食，现在发现，很多地方的名优特产食品，无论是什么酥什么糕什么糖，都是由糖和油这两大成分搅拌而成，号称辣不怕的西南地区如此，以口重出名的山东、东北亦如此，中原如此，西北也是如此。地方特产的一个共同特点，就是保存了人的童年记忆、童年口味。当然也是贫穷的记忆，贫穷岁月的味觉。小时候曾听说过这么一个民间故事，乾隆皇帝下江南时，在极其饥饿的旅途中，一个村夫做了一道叫"翡翠白玉"的菜让他填饥，他觉得味道鲜美异常。回到宫中以后，老是让御厨做这道"翡翠白玉"，御厨费尽心机，也不能满足皇上的要求，待侍臣千方百计找到那位村夫才发现，"翡翠白玉"乃江南人家日常所做的菠菜豆腐汤，乾隆将信将疑，感叹："怎么宫中的什么东西都没有味道！"

乾隆的感慨是今天很多人都会有的，我们发现很多风味小吃、地方特产都变得没有记忆中那么好吃，常常感叹制作工艺的失传、原料的不地道，很少去想我们的口味变了，我们现在是"宫中"，不是在村野的童年岁月和饥饿的日子里。我们的口味变了，菠菜豆腐便不再是"翡翠白玉"了。人的味觉离不开生存处境，我们的下一代，在甜水中泡大，他们还会不会有我们这种对童年食品的美好记忆和眷恋？

苦 味

小时候常听的一句话，至今不忘：旧社会比黄连还苦，新社会比蜂蜜还甜。这是"文革"忆苦思甜时最流行的词，妇孺皆知，比今天那些最流行的广告词还要流行。现在看来，这句话挺有意思，它朴素的话语里面折射了很多时代内容。今天的小学生听了这比喻一定会不以为然：蜂蜜并不是最甜的，比蜂蜜甜的还有蜂王浆、蜂皇精，而且，甜食对健康也不利。可见时代的前进伴随着那些可爱的流行语的消失。

黄连到底有多苦，我始终没尝过，对它的敬畏之心，至今犹存。可对苦的恐惧却消失了，甚至爱吃带苦的食品，爱喝苦味酽酽的饮料。这对我少年养成的偏爱甜食的胃口实在是一个大大的悖逆。

第一次品出苦的味道来是在十多年前，当时在北京开会，到一个朋友家里做客，这位朋友以新潮著称，他拿出当时很少见的雀巢咖啡招待我们，并要让我们喝正宗的雀巢风味，在咖啡中没有加任何东西。同去的连连称赞这听从外国带回的咖啡味道地道。我从未喝过这么苦的液体，尝了一口，发现这"清咖"的味道比中药还可怕。为怕别人瞧不起我这个外省人没见过世面，我也跟在后面人云亦云地叫好，并咕噜咕噜地喝了一大口，像喝中药似的勇敢，也像喝啤酒似的豪放。现在想来真脸红，当时在座的人并没有发出笑声，我从内心里感激他们。

由于这次出了洋相，我回家后就努力要尝出清咖啡的味道，专门买了雀巢，不像过去那样加糖加奶加伴侣，而是要喝出苦的真谛来。或许是久炼成钢的缘故吧，我慢慢习惯了清咖的怪味，品出了那浓烈的香味，喜欢在写作时喝它，既清心又提神，成为我写作时不可缺少的"伴侣"。只是后来我因长期写作患有神经衰弱，晚上不轻易饮用。

或许是有咖啡的苦垫底，我第一次吃苦瓜时一点也没有感到意外，更没有呲牙咧嘴叫苦不迭。我暗暗喜欢这种江浙沪地区少见的蔬菜，出差到外地下餐馆，有苦瓜必点。这几年南京的菜场也有苦瓜卖了，只要见到，必买。而且苦瓜的作法也多种多样，清炒、炖汤、凉拌，可做主菜，也可配菜。其中有一两样作法居然让四川的厨师也感到惊讶。清香的苦瓜，在炎热的夏季真是一道绝妙的好菜。

还有一种茶也是苦的，它叫苦丁，苦丁是贵州高原上的一种野生植物，用它制作的茶汤色橙黄，苦而不涩，解暑去腻，我很爱喝，第一次在贵州喝过以后，就买了一大盒回南京，慢慢地喝。

怪 吃

  我原以为南京人吃臭豆腐干是一种南京特色，没想到走了几个城市以后，发现爱吃臭豆腐的人居然不仅仅是南京人，这多少有些让我失望。人们常说某人香的不吃吃臭的，是说该同志不识抬举，不分好歹，不会做人。可人们不尽要吃香的，臭有臭的味道。圆滑固然是为人处世的诀窍，可耿直亦是人的另一种价值，虽然多数人并不是耿直者，但在价值的天平上人们无疑倾向耿直而鄙视圆滑。

  暂且打住，还是回到吃的主题上来，人的价值和食的价值其实是不可作简单类比的。我这里着重介绍几种自以为有悖常理的怪吃，或许有的朋友特别是云贵川的读者会觉得我说的太平常了，我还是把我的感受与熟悉和不熟悉这些怪吃的朋友进行交流。

  鱼腥草。鱼腥草名不虚传，有一股浓烈的鱼腥，这种鱼腥是未作剖腔去鳞之前的那种鱼腥，进口之初，是鱼腥气，接着是鱼香，最后是植物本身的清香和甘甜。再加之鱼腥草多半用辣的调料凉拌，在腥香清甜的同时还有辛辣，真可谓信息量大矣。女作家迟子建每餐必点此物，另一女作家林白尝了一筷之后则坚辞。出生东北北极村的迟子建嗜鱼如命，因爱鱼及鱼腥草。据说鱼腥草含有大量的维生素，具有清火去热的功能，可有一点我弄不明白，既清火去热，为何又用辛辣生火的辣油为调料呢？

竹结虫。竹结虫是一种动物，是寄生在竹叶之间的昆虫，其形状也颇似竹节，油炸之后蜈蚣式的躯体和爪足依然栩栩如生，我大胆地攥了一口放进嘴里，不免有些迟疑，后咽了一口唾沫把它运到牙齿间，嚼碎之后味蕾也恢复了。油炸竹节虫的味道与炸蚂蚁的味道相近，有点像我们江浙一带的油炸河虾，准确地说是那种没有虾仁的油炸虾的味道。早听说山东有一道名菜叫炸蚂蚱，可去了几次山东都没有见到，而1993年在昆明白族的一家食馆里首次尝到。还有一种小动物也常被用来油炸当做下酒的菜，这就是蚕蛹。据说蚕蛹和上述两种动物都含有丰富的氨基酸，是高质量的防癌食品。然而，这两种食品总有些怵人，记得我在昆明的农贸市场上看到一大堆活生生、白花花的竹节虫在那里蠕动，我禁不住联想到电视画面上那些甲壳虫一样的"面的"和房屋。

生鸡血。动物的内脏一般都能吃，而动物的血液就不一定了，至于食用生的动物血，就更怪了。为什么说是怪，是因为古代的人在火发现之前是生食生饮的。苗家人至今还保留食用生鸡血的习惯，这显然是一种古风的沿袭，而不是缺少火源和燃料。更重要的是生鸡血还有奇异的药效功能，它有特别的吸附作用，能吸附停滞在肺和胃当中的尘埃和杂质，起着清道夫的作用。贵州地区的纺织系统女工就经常饮用生鸡血来清洗肺部的污染，据说效果异常得好。生鸡血作为药物和保健品，人们还是容易接受的。可作为风味小吃，是有些让人却步的，它的生冷和血腥多少给人以野蛮和不洁之感。1994年7月我们参加《山花》笔会的几位作家在苗族风味小吃店里，碰到了生鸡血。叶兆言和苏童先后打了退堂鼓，胃口极佳的林斤澜先生当仁不让。我起初也有些起鸡皮疙瘩，可林前辈连连叫好的声态，鼓起了我的勇气。我随之要了一碗。这鸡血是当日的新鲜鸡血，除加些盐和香油外，还有葱花和香菜，鸡血在水里成豆腐块状，因是生的，味道鲜嫩无比，远远胜过我们常吃的豆腐脑。虽是生鸡血，却没有一点血的腥味。我吃（其实是喝）完一碗，又要了一碗，而林前辈一口气用了三碗，仍有不肯罢休之意。苏童和叶兆言在一旁傻傻地看着我们如痴如醉的食态，将信将疑。

我小时候吃过的一种怪味现在可能很难吃到了，它的名字该叫烤青虫。我八九岁的时候每放暑假就到乡村的外婆家，去和舅舅家的表哥表弟厮混。表哥家的生活可用"贫穷"二字来概括，很少吃到荤腥，可表哥能变着法儿为自己改善生活，钓鱼、捉鸟、打蛇，除了自己吃以外，还常常带回家去。有一次，表哥说太馋了，可既抓不到鱼又逮不住鸟，更碰不到水蛇，他灵机一动发现杨树上爬行的青虫，这种青虫我至今叫不出它的名字来。它肥硕的身躯像一头青色的大蚕，充满了脂肪和肥肉似的，表哥的口水都掉下来了。他用一张包装香烟的锡箔纸将青虫放在上面，然后点燃一堆枯草烤了起来。青虫摇着笨脑袋挣扎来挣扎去，最后在焦糊中"升向天国"（表哥的词语）。表哥迫不及待地把青虫咽进嘴里，又连烤几个，我吃过一只表哥烤的青虫，味道奇异，既有动物的鲜美，又有植物的清香。我至今再没吃过这般奇异的食品。

酿酒颂

现在想来,我见过的最早酿酒师是母亲,我很小的时候,就看到母亲开始做一种叫"酒酿"的食品。酒酿学名应该叫醪糟,是糯米发酵而成。

做酒酿的程序比较复杂,在我们家是件大事。先煮好糯米饭,这糯米饭有讲究,不能太硬,也不能太软,所以煮饭前糯米一定要泡一泡,泡到一定的时候才可以上锅。母亲说,饭要一粒一粒地不相黏,酒酿就成功一半了。当时,没有电饭煲,也没有蒸笼,这煮饭的火候很难把握。有时候,太软了或太硬了,我们就兴高采烈地吃一顿糯米饭,至今我对黏食依然保持着浓厚的兴趣。如煮成了,我们就兴高采烈地嚼锅巴,咔嘣咔嘣地响,香。

饭做好后,就是晾,但不能晾得太久,饭冷了,拌酒药(酒酵)就不热,就会影响发酵。饭这个时候会铺在桌子上,像北方人擀面一样,这个时候,母亲在用酒瓶子碾酒药,南方很少自己擀面,所以没有擀面杖,用酒瓶子或酱油瓶凑合用。酒药子碾碎后,母亲就开始用手拌进米饭里,拌得越均匀越好。拌好以后，趁热装进一个坛子里，后来有钢精锅之后，也放在钢精锅里。装好之后，在糯米饭上面，用筷子搅几个圆孔，据说是让透气的，然后盖上棉垫或旧棉衣，放到一个饭焐子里，焐上三四天，等酒酿的香气溢满屋子时，就可以开吃了。

酒酿发酵的过程是个让人焦急等待的过程，母亲更是带着神秘甚至神圣的神情去观察酒酿的生产过程，我们有时候大气不敢出。现在我明白酒酿发酵的要素主要是温度，一般要三十度左右最好发酵，但南方的冬天屋里没暖气，如果碰上冷空气降温，发酵的时间会长一些。在酿酒的过程中，母亲是不让打开看的，说会漏了气。有时候我和妹妹们偷偷看一下，不知为什么我们每次偷看，总会被母亲发现，总会遭到母亲的斥责。后来我发现，母亲也偷偷地看，等夜深人静我们都睡了的时候，她也偷偷揭开棉垫看动静。根据我的观察，如果酒酿酿制顺利的话，酒酿就像孕妇的肚子一样会悄悄地鼓起来，饱满的白白的米粒每一颗都闪着晶莹的光。如果发酵不顺利的话，米粒就显得有些憔悴，颜色有点发暗。如果酒酿成熟了，那些原先用筷子捅开的圆孔，一个个溢满了乳白色的米酒汁，泛着甜蜜的笑，这时候，你就明白为什么有酒窝这个词，为什么"一笑两个酒窝"那么迷人，原是另一种通感。

如果三天还没动静，母亲就开始想办法加温了，加温的方法就是把烫焐子放进去，来增加热量。烫焐子就是后来的热水袋，冬天睡觉用来取暖的。烫焐子外面要包一层布袋子，防止烫伤。我们家有两个烫焐子，一个是纯铜的，一个是锡的。一般先是用铜烫焐子加温，如果还没动静，再用锡的，有时候加温管用，有时候加温不管用。酒酿不发酵，就像人长僵似的，怎么给他营养液都不长。但有时候，你把它忘了的时候，酒酿会突然一夜之间成熟。记得有一次夜里，我被一阵浓郁的桂花酒香惊醒，酒酿的香味直往鼻子里钻，直往胃里钻。一家人，都被这酒酿的芬芳催醒了，索性起来尝几口，那味道在舌尖上舞蹈。因为这一次做酒酿母亲尝试加了点桂花，但迟迟不好，本以为做砸了，没想到在几天之后，在大家以为它只能喂猪的时候，忽然飘香醉人。

酒酿做砸了，是很让人沮丧的，我现在还记得母亲当时沮丧的表情，好像一部艺术作品毁了似的。这酒酿很奇怪，做好了，人人抢着吃，做不好，喂猪，连猪都不爱吃，非让猪饿几顿，猪才勉强吃几口。没有酒味，那米是木渣渣的，不是味同嚼蜡，而是啃树棍一样难以下咽。

说了这半天，其实是说酿酒的难处，因为在古贝春酒厂，我参观了他们的酿酒车间，看到工人们在辛勤地劳作，我想到了年迈的母亲做酒酿的往事，也知道古贝春这些年能够美誉四方的原因了，他们在精心酿造佳酿和美酒，是有根的企业，不像有些酒厂忘了做酒的根基在于酿酒，而只想通过勾兑投机取巧。古贝春人在酿造美酒的同时，还时时刻刻不忘酒文化的建设，不忘弘扬中国文化的传统。"诗酒一家"，我们看到了诗酒碑林"桑恒昌诗苑"，看到了诗歌大道，我们在那里和前辈的诗魂、酒魂相遇。还读到了诺贝尔文学奖得主莫言书名的《四季飘香》的散文集，在那里我们又和当代的文人墨客悄悄邂逅。古贝春人酿出的酒味浓，营造的酒文化深厚，所以我斗胆挥毫写出了这样的词：古贝春浓仙境出，武成秋深诗意来。

随笔与茶

我写随笔,是近几年的事。我喜欢喝茶并自以为喝出了味道,也是近几年的事。

以前读周作人那些谈论喝茶、吃茶的文字,总觉得有些弄闲而做作,总觉得作家应该做出些比随笔更严肃、更辉煌、更伟大的作品来。"如今识尽愁滋味",不但喜爱读随笔,而且也经常写随笔,常常置文学评论于不顾,陶醉于随笔之中,以致被朋友谑称为"散文新秀"、"青年散文家",我则不敢掠美,明明白白告诉他们这是喝茶喝出来的,是茶边文字,用古人的话叫做"茶余"。

把随笔称作"茶余",丝毫不是一种蔑视,而是一种极高的褒扬。喜欢喝茶的人都知道,茶的味道在喝的过程当中自然可以品尝到,但好茶、上品茶却是喝完之后让你回味无穷的。茉莉花茶可以说香气溢人,但饮茶者从来不把花茶列入茶之正宗。茶与饮料的区别,就在于茶可以回味,而饮料则是一次性消费的解渴液体,茶可以反复沏,可以反复品,可以反复吟。茶可以生出琴棋书画诗,而可口可乐只能与足球、拳击、越野赛、狂欢、迪斯科联系在一起。

　　我以前喜欢喝酒，酒量不大斗志旺盛，至今还徒有酒名在文坛，很少有同行前来打擂。酒是一种英雄气的幻化物，茶是一种平常心的表征。如果说十年前的文学是酒的话，那我显然是嗜饮的酒徒。今日的文学虽然还保存一些英雄气的质地，但远不能让人痛饮，远不能让人一醉方休。没有好酒，就喝茶，喝好茶。喝够了酒，也要喝茶。茶文化是真正的中国文化，不会喝茶的外国人是难以体味到中国文化的隐痛与妙处的。茶亦是可醉人的，遁入法门的丰子恺便是醉于茶的，他是写随笔的大师。诗与酒联系在一起，与盛唐联系在一起，茶与随笔联系在一起，与晚明和晚报联系在一起。随笔的繁荣，必以理论的贫乏和小说的苍白为代价。

　　一个民族不可能总是酒气扑人，一个作家也不可能老是靠酒精来支撑他的作品。茶时代的再度到来与随笔的空前热闹或许正是一种历史的进步。不过，我挺不习惯"学术小品"这种说法和作法，学术在我看来是至高无上的仅次于宗教的神业，而小品则是学术的天敌。我对那些枯燥的、严谨的、经典的学术著作充满敬意，对那些卖弄的所谓的学术小品性的美文则不敢恭维，随笔里可以有学术光辉的亮点和智慧的眼睛，但学术则不可以随笔的、小品的思维方式拆碎了零售给大众。

第二辑

影视杂弹

张艺谋是审美的"吸血鬼"

张艺谋防不胜防,防住了张颐武,防不住李承鹏,防住了李承鹏,防不住韩寒。韩寒这一次关于《三枪》有很多的议论,关于只适合在县城电影院放映的妙论,估计会让张艺谋损失不少票房。其实,现在在南方县城的一些电影院,比如昆山、江阴的影院,也和大城市相差不多,看到韩大侠的妙论之后,也许这些县城的票房会打些折扣的。如今县城青年因网络的发达,也是不愿意看土得掉渣的电影的。

张艺谋很土吗?

张艺谋其实很土。很土不是问题。土可以是风格,问题是张艺谋不愿意承认自己很土,当他承认自己很土的时候,就有希望了,当他不知道自己土的时候,就麻烦了。《秋菊打官司》很土,那是刘恒编剧的好;《红高粱》很土,那是莫言小说好姜文演得好;张大导曾经想洋一把,来把王家卫,拍了《有话好好说》,结果很土,甚至弄得姜文和李保田也很土。

张艺谋是大导演,是国际大导演,但要有个前提,他必须依附点什么,他是中国最大的审美"吸血鬼"。他曾说过文学驮着电影走,一语道破天机，张大师是要骑在他人头上作威作福的。他是借着很多作家的力，才能平步青云的。刘恒的小说和编剧，苏童的小说，余华的小说，莫言的小说，都被他吸足养分才长得富态起来，一旦离开了作家的母本，他就像没头苍蝇一样，找不到北了。《英雄》和《十面埋伏》是张艺谋的原创，但除了画面的确"大片"外，人物、故事乏善可陈，没有血吸，张艺谋的艺术就枯竭，哪怕装着很大气的派头，还是藏不住内在的贫血。

鉴于作家不愿再做牛做马，张艺谋无奈之下就到《雷雨》那里去吸血，但曹禺是话剧大师，话剧在某种程度上是电影的天敌，话剧要张扬的，电影却要回避，话剧的短，却是电影的长。《黄金甲》栽了，但老谋子吸了周杰伦的血，一部烂电影留下了《菊花台》一首好歌。这是张艺谋的狡黠过人之处。

奥运会开幕式的成功，是张艺谋吸了诸多的营养，他只是个执行者，一个优秀的执行者。中华文化的血，全中国人民的智慧，被张艺谋充分吮吸，甚至还装模作样地用一个奶瓶。奥运会开幕式没有张艺谋一样会成功，这不是假设。在很多电视专题片中，我们看到张大师如何博采众长，如何吸血的。和其他导演比，张艺谋确实善于综合，善于取舍。奥运会这样大的背景，中国这么深的文化底蕴，想把开幕式搞砸，也是需要才华的。

但张艺谋这一次吸错血了，他居然敢吸赵老邪的血，赵本山绝对是娱乐界的黄老邪，你胆子也忒大了点，赵本山很火，小沈阳很火，赵本山很土，小沈阳很土，但他们的血不是能够被你转化为营养的，不是你吸得了的。刚看过《刺陵》，说有一种毒蝙蝠专门吸死人的血，一般的飞禽吸了会死，但毒蝙蝠不会。看来张艺谋还没有修炼成毒蝙蝠，他吸赵本山、小沈阳的血还有反应，这一次不是养分，两土相加的化学反应，是真土。这下子，老谋子亏了，本想借力翻身，没想到赵老邪的血不是人人都能吸的。亏了吧，不仅是艺术。

《建党伟业》少了鲁迅不合适

单位发票,昨天带编辑部全体同事去看了场《建党伟业》。满篇跑火车,在《列宁在1918》《列宁在十月》那个年代里,火车是先进文化的意象,《青春之歌》崔嵬也用了火车的意象。《建党伟业》继承没问题,但用得太多,显得导演方法不多。

感兴趣的是五四新文化运动那一场,五四新文化运动的代表人物悉数登场,但独独少了五四新文化运动的旗手之一鲁迅,不能不说是个遗憾。鲁迅当时已经在《新青年》发表了第一篇现代白话小说《狂人日记》,在打倒孔家店的斗争中,鲁迅是冲在最前面的,他甚至要废除汉字、中医、京剧等与旧文化血脉相连的"物种"。

鲁迅先生虽然没有参加建党,甚至也没有被追认为中共党员,但是鲁迅先生体现出来的革命精神和中国革命的精神是高度一致的,因此被毛泽东封为伟大的革命家、思想家、文学家是当之无愧的,鲁迅的精神和文风影响了当代中国人的思维和写作,其影响仅次于毛泽东。中小学教材中,鲁迅的那些名篇,很多也是这影响的见证。

有趣的是，这样一位对中国共产党和中国革命都有作用的五四新文化运动的代表人物被《建党伟业》拒之门外，是受到中学教材删除鲁迅作品的影响？还是觉得鲁迅不好拍知难而退？

黄导将这部片子称为史诗剧，在历史这一关就过不去，遗漏了鲁迅这样一个伟人，伟业少了一人，只能是"韦业"了。

《泰囧》隐藏的三大主题

谁也没想到,国产电影的票房奇迹是由一个名不见经传的小导演来创造。2012 年的电影界爆出巨大新闻,《泰囧》突破十一亿的票房。

很多人不理解,我也不理解。

我是在 2012 年最后一天的下午看的《泰囧》,说真话,那天是去看李安大师的《少年派》的,但影院说,下线了。你运气不错,《泰囧》还有当场票。就看了《泰囧》。

看完了就看完了,没觉得特别好,也没觉得特别差,贺岁片吗,让人开心就行。

不知道这几年大导演们怎么理解贺岁片的,贺岁吗,图个吉利,图个顺遂。但大导演们总是爱跟老百姓拧巴,岁末年初的,总喜欢弄个苦情的,去年张艺谋弄个《金陵十三钗》,结果票房大败,今年本来在贺岁档人气很足的冯小刚又弄个更悲情的《1942》,也是票房惨败。当然《1942》有价值,不像《金陵十三钗》是负价值。《金陵十三钗》和《满城尽带黄金甲》

一样都是反人类的负价值，这里且不表。

《泰囧》火爆背后，其实是因为隐藏了三大主题。

一、大陆人身份的变化。《泰囧》无疑走的是港片的路子，香港娱乐片的路子，港片会娱乐，也善娱乐，因而贺岁片也缘起于港片，此话不一定准确，但火于港片是没有疑问的，而且大陆的贺岁灵感肯定源自港片。《泰囧》说的是人在旅途的故事，这在港片中司空见惯，经常见到港人在泰国遇险、寻宝的喜剧和闹剧。但这一次，是大陆人在泰国，在泰国旅游，而且是农民工的化身王宝强在泰国旅游探险，之前冯小刚的《非诚勿扰》(1)成功地写大陆人去日本北海道旅游，但是两个点值得注意，一是葛优等人是白领，王宝强扮演的王宝是农民工，同是去旅游，身份大不一样。二是，在《非诚勿扰》里出现的舒淇是香港人。而《泰囧》里清一色的大陆人，尽管舒淇扮演的身份是大陆人，但她的内在身份却不是大陆的，她的港味普通话也是身份的最好说明。而王宝强和黄渤的满口方言，说明大陆人在世界上的漫游何等普遍。王宝强的成名作是《天下无贼》，那部电影里出现的刘德华和刘若英虽然是贼，但比葛优扮演的黎叔等土贼心灵要美，要有善心，更容易良心发现。冯小刚的贺岁片大胆用港星，抓住了某种情结。

而在《泰囧》里，中国人不是在"被看"，而是看者的身份，表面是旅游，其实是把世界作为"他者"，中国电影里中国人从《老井》《大红灯笼高高挂》开始，一直扮演悲情的被看者，这一次娱乐的《泰囧》一不小心把他人、他国当成"风景"，是富人的心态和眼光，而且是由衷的，自然而然的。只有富起来的中国人，才能不怕在他国异乡囧。

二、钱不是万能的。和很多的港片一样，《泰囧》是寻宝觅财的模式，抓住观众发财的心理，但最后否认金钱万能、批判金钱至上，这种辩证看待金钱的思维，对一个穷困的国度而言，要么被认为酸，要么被认为精神万能。但对于一个已经富起来的国家来说，却是一种清醒，也是警醒。

三、爱无价。不必多说，爱是金钱比不上的。只说因为王宝对母亲的爱，感动了范冰冰，和他合影。记得当年和范冰冰一起成为四小花旦的李冰冰，在《天下无贼》里只是个小女贼，如今两个冰冰都是大牌，角色的转变也是有潜台词的。那个时候，刘若英是女一号。

电影要娱乐，要艺术。娱乐不是不要主题，要主题。主题正确简单，有益于世道人心。艺术也要主题，不能太简单，要哲学，要文化，要诗意。电影就是这么一个复合体。

《非诚勿扰》的文化挑战

每个人都有选择的自由,每个人也有被选择的可能。我们生活在这个诸多选择的时代,有时候,又别无选择。当年刘索拉说:你别无选择。我们还以为矫情,现在这不是吗?二十出头就担心自己成了剩女。

非诚勿扰,扰也是诚,不扰也是诚。不诚也扰,扰也不成。不成看似杯具,说不定还是洗具。反正都是剧,都是具。

现在如果我在北京说,我认识孟非,肯定有人认为是攀附名人。别人肯定说,你怎么什么名人都认识?谁出名了,你都认识!

孟非其实出名很早,我妈妈就喜欢孟光头的主持,我没和我妈说,我认识孟非,我怕吓着她老人家。我和孟非共过事,那时江苏卫视有个栏目叫《走进直播室》(这个节目是《南京零距离》的前身),景志刚策划,张红生主持的。孟非和我一起担任策划,他还在一线拍镜头,到后来就直接担任《南京零距离》的主持,一炮蹿红。这,有点像崔永元。

孟非当主持的劣势很多,非科班出身,普通话的南京味不淡。但孟非的长处是反应快,机敏,而且是南京话的冷幽默。我在南京生活工作多年,南京话不会说，在我工作的江苏作协只有两人说南京话，当然南京式的幽默也没学会。但是，我私底下还不服气，这南京式的幽默能走全国吗？郭德纲代表北京，赵本山代表东北，全国人民能接受，都是北方话。周立波代表上海，有些人不懂上海话，妙处就少了些。眼见郭德纲、赵本山全国巡回，周立波基本上固守上海大本营，有局限。

孟非没用南京话说，我听过孟非说的南京笑话，很有味道。但如果用南京话说，《非诚勿扰》会让很多人听不懂，但孟非把南京话的冷幽默恰如其分地在节目中表现出来，再加上节目本身设置的用心，收视率高也就自然了。

《非诚勿扰》是婚恋节目，很难翻出新的花样来。这一次孟非和他的团队，在这个婚恋节目壳里装进了很多的内容，选秀、PK、辩论、时尚，尽容其中。形式上，有访谈，有纪录片，有才艺表演，还有心理分析。可以说当下电视的主要收视元素在《非诚勿扰》中都得到整合和编排。

当然，收视率高的原因还是借帅哥美女来言说社会问题，这其中说到房价，说到职场，说到赡养老人，讨论爱情的价值，讨论自由和个性。讨论丁克和人的天责，有文化，更娱乐。当然，还为南京作了广告，为南京的美女作了广告。因为女嘉宾大都是南京的，人家还以为南京的女孩都像电视上的那么才貌双全、伶牙俐齿呢！

还有一个问题，就是婚恋节目基本都是男权中心的，女性被看，而《非诚勿扰》中男人成为被看被打分的对象，有点意思。

当然，观众看的还是那些漂亮的女嘉宾，喜欢的是漂亮的女嘉宾。希望她们终成眷属，又不希望她们过早离开，当然更不希望她们红颜薄命。

《借枪》二题

《借枪》贫得天下，贪失天下

《借枪》看了六集，网上看，电视也看。买碟看。

熊阔海的贫穷和贫嘴，让这谍战剧果然不一般。

一般谍战剧的主人公都是为智慧够不够用发愁，都是和敌人斗智商，而熊阔海在斗智商之余，常常为筹钱发愁。熊阔海这个饿着肚皮的地下英雄委实让人感动之余又难过。记得王安忆十年前说过，那些美女作家笔下的主人公在奢侈场上混得惊艳传奇，却很少写她们收入的出处。这几年谍战剧的主人公常常被写作智勇双全的地下英雄，但是他们从没有为钱发愁过，为搞情报花钱如流水，国民党如此，共产党也是花钱不眨眼。连余则成、翠萍都攒了好几根金条（如今黄金飞涨，翠萍鸡窝里的那几根很让人惦记）。但钱哪能来得那么容易，《借枪》中熊阔海的上司铁锤的话是至理名言："组织又不是银行。"那么多的谍战剧把潜伏英雄的上级组织当成提款机了。

熊阔海一点也不阔，更不用说海了，和传统的谍战英雄的威武潇洒相比,甚至和《潜伏》里余则成的从容和生活无虑相比,熊阔海不仅落魄,而且不免猥琐,人在屋檐下,不得不低头。他没了工作,债台高筑。用杨小菊的话说,就是一要饭花子。多年以前,高晓声写过一短篇小说《漏斗户主》,是《陈奂生上城》的前一篇,他写陈奂生整天吃不饱肚子,饥肠辘辘。人家开饭,都躲着他。高晓声不是写乡村干部对农民的敲诈,而是通过饥饿来控诉极左路线,是这三十年难得的好小说。熊阔海的贫穷快赶上陈奂生了,但熊阔海肩负着党的使命,不能像陈奂生那样晒太阳。女儿要上学,妻子要开锅,同事要经费,还有裴艳玲的房租。更重要的是买情报的钱,熊阔海使尽种种招数,当,骗,赖,最后将自己的房子偷偷卖了,才换来了情报。这样窘迫的谍战英雄,让人心酸。在真实性上比那些胡花海用的英雄更可信,尤其能够体现中国共产党人艰苦奋斗的高尚情怀,与国民党情报人员杨小菊的奢华形成鲜明的对照。

贫穷的熊阔海还有一张贫嘴,这贫嘴可能是与龙一和姜伟想塑造"卫嘴子"(天津卫)的构思有关,当然熊阔海师从的天津大鼓也练得一张好嘴皮子,但还是让人想起了刘恒的《贫嘴张大民的幸福生活》,有趣的是电影张大民的扮演者是天津的名嘴冯巩。而张嘉译的演技似乎更像电视剧张大民的扮演者梁冠华的风格。张大民和熊阔海有诸多的相似处,生活贫困,但总是能找到乐子,也能找到法子,不同的是张大民为生存,而熊阔海在为理想之余,还要为生存。当然这样的错位就有戏了,孙悟空进了天空,就不如花果山自在,刘姥姥进了大观园也有戏,农民陈奂生首次进城,也有故事,贫嘴张大民做了特工就比那些才貌智德俱全的传统英雄更有意思。

和熊阔海的贫相比,是杨小菊的贪。同为地下战线,同为抗日,共产党的穷和国民党的阔,天壤之别。杨是银行老板,而熊阔海出入当铺,借钱为生。让人想起老杜的诗:"朱门酒肉臭,路有冻死骨。"《借枪》里处处对比,善用,用得妥。共产党清贫,后来得了天下,国民党贪和腐,失去了天下。

《借枪》里铁锤还有一段话，是对熊阔海说的，更像是对观众说的："天天念着钱，这样会出事的。"2010年初，刘恒的话剧《窝头会馆》在人艺上演，爆场，我认为它是《茶馆》之后的又一出传世之作。我在看《借枪》时，老是晃着《窝头会馆》的那些男女们，不仅是因为张嘉译的台词带着强烈的人艺味，而是那些关于钱的窘迫、争斗、智慧，围绕钱的高尚与卑鄙，人性在钱的压迫下的变异。不同的是熊阔海走出了窝头会馆，他有理想，有信念。他让生存变成通往理想的路径。

《借枪》里的败笔

原以为姜伟是个神，看到《借枪》里的老满出场后，发现姜伟也是人，是人就有差错，就会有低级错误和低级趣味。老满实在不像《借枪》里的人物，有点像赵本山大叔小品里的人物，像那个寡妇，像王小利《就差钱》里扮的那些农民穷人。当然《借枪》还是要比赵本山的世界观先进些，抗战都七十余年了，可赵本山笔下的农民依然像老满那样愚昧、贪婪、无知。

老满是刘姥姥式的人物，但刘姥姥在《红楼梦》里不仅是一个个性化的村妇，她同时还用乡村的贫穷衬托出贾府的奢华，更重要的是她见证了荣宁二府的兴衰。一个貌似为贾母添笑的刘姥姥其实凝聚了曹雪芹的艺术匠心。

而老满呢？在老满身上花的时间不少，几乎可以和铁锤于挺的出场时间相比。甚至超过勋章等关键人物的形象，但老满的土、贪婪和愚钝，除了增加熊阔海们砍头行动的难度以外，并没有和谐地融入到全剧之中，老满是游离在全剧之外的赘瘤。老满增加砍头行动的难度，其实站不住脚的。第一次如果说铁锤带老满过来还不是组织上大的行动，那第二次刺杀加藤已经是关系到整个中共情报网甚至远东共产国际情报网的大事，而中共为了这次行动不仅牺牲了勋章和卡尔等人，连熊阔海的老婆书真也壮烈殉国，熊阔海自己也是舍生取义。在这样的生死关头，熊阔海还带着老满这样的赘物是不可思议的。不要说老满本是皇协军,属于汉奸,锄了奸也不会是什么大错误,比于挺擅离部队的错误要小得多。当然,糊涂的老满也犯不上死罪,强行让他离开不干扰熊阔海的方式太多,更犯不上让裴艳玲陪他聊天,成本高,危险性大极。

作为黑色幽默,老满没有为本来足已后现代的《借枪》剧情增添什么后现代色彩,老满的那些段子,在赵本山的小品里已有充分表现。他的那支歪把子本身就是故事,他的过度出场,某种程度削弱了全剧的力度。这样一个二鬼子,除了表现低劣的贪食好色的人之恶习,没有思想的力量和构思的奇异。

老满为谁而设立?

狗不理。

明白了编导的苦心。

也明白了编导的苦衷。

老满贪吃狗不理,是宣扬狗不理包子的美味。

狗不理作为天津的美食美名远扬。但《借枪》这么宣传狗不理有误导之嫌。它给人一种错觉:好像是又穷又傻的土人,才去吃狗不理。而杨小菊、裴艳玲等"上等人"去的是咖啡厅、酒吧,熊阔海再穷至少也去个茶楼什么的。这狗不理的广告效果好吗?

早在《潜伏》里,姜伟和龙一就为天津的文化作了生动形象的宣传,《借枪》更是全方位地展示了天津的地域文化,尤其是对天津曲艺文化的彰显既得体又融入到情节中,和人物的命运性格紧紧相连,是"天津制造"的精品。

唯独这老满与狗不理的联系,俗,俗套,俗不可耐。

好在电视剧可以剪,建议重播时剪切掉,至少减少再减少。

当然,要看剧组有没有和狗不理签协议。如果签了,只能商量着剪了。电视剧从来不是一个人的艺术品。

春晚四题

春晚应当是公益节目，不能赚钱

图书馆、博物馆不收费了，春晚却呼啦啦地诓钱，名曰植入广告。有些地方是不能做广告的，比如天安门；有些机会是不能赚钱的，比如地震。

今年的春晚遭到了炮轰，好像是赵本山惹起的，其实赵本山可能是代央视受过，国窖等广告的巨额收入肯定不是赵本山或赵家班单独所得的，但是多少钱！如何分成！应当公布，观众有这个知情权。要不然有点拿全国人民当"卖拐"了。

为什么观众特别烦赵本山小品植入广告，因为利用春晚盈利，属于不义之财。

央视是国家的央视，虽然被企业化了，但这个国企依然是全国人民的国企，不是几个人的股份公司。央视的创立是国家投资的结果，而这投资正来源于纳税人，来自全国人民的贡献。春节联欢晚会是举全国之力办给全国人民的年夜饭，央视当免费服务。一位资深的出版人说："央视一年364天都要争取盈利，但春晚必须是公益的，让全国人民开心！"

央视平常广告赚得脑满肠肥的，春晚又不差钱，还变着法赚钱，如果说广告效益，国庆阅兵是最有广告效益的，但没人敢在阅兵式上做广告，为什么？这是全国人民的节日。而春晚也是全国人民的节日，如此肆意地且低估全国人民的智商植入广告，早该遭骂了！去年央视新楼大火，网民不同情，为什么？肯定与不义之财有关。这春晚的广告就是不义之财之一。

过去，富人过年还给穷人送点吃喝的东西，西方圣诞节、感恩节还为穷人提供免费餐食，春晚如此为富不仁，必遭唾弃。

有人说，电影里也植入广告啊，不一样啊。电影里那些大腕的身价多高？到央视出场费不超过五千，央视店大欺客也就罢了，电影是要买票看的，春晚是中国人民的传统节日，已经是新民俗了，已经是政府、媒体联系人民的一道天然的纽带，央视掉进钱眼里，置人民于何处？又怎么帮政府联系人民？

建议：春晚办成公益的让全国人民开心的嘉年华，所有演职人员不要报酬，如果有人愿意捐款，全部用于慈善事业。对演职人员来说，并不亏，已出名的保持热度，新人则可让春晚发射到星空。而央视则借着这一机会，报答全国人民和全球华人。何止双赢？ N赢。

利用春晚赚钱，民间老百姓的话说：损德！

春晚慎说一句话

去年春晚，我写了"春晚当公益"的博文，反对植入广告，后来听说今年的春晚取消了植入广告。且拭目以待吧。过年是花钱的日子，央视和明星们不能赚钱！还有一句话要说的：春晚不是北中国晚会，应照顾一下全国人民的情绪。有些话慎言，不要搞风俗霸权主义。

春晚慎说一句话：过年哪吃饺子哪！其实，在南方，很多地方不吃饺子。北方的习俗不能代表全国的习俗，以偏概全就是歧视地方文化的多样性。政府在花很多钱，保护非遗，但春晚却在扼杀非遗，春节吃糍粑，吃元宵，吃八宝饭，都是过年。吃饺子只是过年的一种方式。

龙年春晚开始走出农年春晚圈

龙年春晚没有了赵本山，相声节目也少了些，笑声是少了一些。但你没发现？中国人民的笑点三十年来提高了至少二十个百分点，当年的笑星变成了歌星，而歌星正在变成笑星。

今年的笑声是少些，但以往的笑声很多是献给小农文化的，人们献给赵本山的笑声有点俗，比如嘲笑寡妇之类，就像张艺谋高看妓女一样。

这些年笑点的提高，说明人们对小农文化的不满足，也是人们对精神追求的努力。

中国曾经是一个农业大国，农民文化影响着社会的发展，根深蒂固，随着社会的进步和城市化的进程，农业文化受到了冲击和挑战，刘姥姥进大观园的笑话，持续成为春晚的爆笑点，这一次的《面试》就是这爆笑点的延续。挖苦讽刺农民兄弟成了春晚的主要笑点。赵本山是集大成者。赵本山也是农民文化的精英，所以成了春晚的钉子户。

这一次央视下决心忍痛割了赵家班，表明对这个笑点的认识和改进，奇怪的是，赵本山不出场，整个春晚突然少了很多土气，李咏说，不觉得我洋气些吗？虽然也有农民歌手登场，但农味并不浓。

或许是编导的有意为之，或许是舞美的高科技，或许是语言类节目的减少（中国的小品是农民文化的符号），或许是赵本山的气场太强了，总之本届春晚土气不浓，没有掉渣，正在走出小农文化的阴影。

春晚办了三十年，不能每次都办成中国农民晚会。农民自己也不喜欢看农村节目，赵本山可以拍《乡村爱情》，但央视不是中国农民电视台，文化中国靠的是精品力作，不能把小品当做精品，把劣作当成力作。

春晚不能把笑声当成自己的首要任务，以前我们生活缺少笑声，缺少娱乐，而现在娱乐到要下禁娱令，网上的笑点比春晚的笑点高得多，手机短信已经把民众的笑点拔升太多，春晚如果依然把笑点作为卖点，只能去二人转找素材了。

这次春晚的转变，但愿是一次自觉的行动，而不是赵家班退出后出现的意外面貌。

哈文蛇年春晚：善洋不善土，善艺不善政

去年除夕，我在老家的屋子里，用一台弃用的电脑写了一篇《龙年春晚走出农民春晚圈》，老家冷，我躲在房间里蹲在床头柜边上写完那篇不得不说的随感。后来听传说，哈文认真看完了此文。

今年，又是春晚，我又回到老家看望年迈的父母，陪他们过年，看春晚。我又拿出那台旧电脑。还是蹲在床头柜，老家零下七八度，不供暖，只能躲在小房间就着取暖器写。

先说个小聪明的事，如果没有人和我争"专利权"的话，"在金龙升级更新之际"这句略带文人酸味和IT技味（技术味简称）的拜年的词，出自我的即兴。中国人喜欢龙，龙在晚清以来成为中华民族的象征。蛇没那么幸运，虽然陈爱莲的《蛇舞》曾经在春晚让人如痴如醉，虽然也有金蛇狂舞的形容，但蛇排序在龙之后，是有些委屈的。龙蛇虽然形似，但体量不一样，更重要的是，蛇是现实的存在，龙则是远古的图腾和浪漫的幻想。

哈文有意识地回避了龙蛇的问题，她开始让李咏和毕福剑争论土洋的问题，而不是探讨龙蛇的关联。如果说去年哈文的处女导在于尝试走出了农民春晚的路径，那么今年则看得出她的苦心和艰难。

虽然少了些鲜花和大牌观众，但这次春晚还是显得非常的大气和洋气，不仅席琳迪翁等一干国际超级品牌如此大规模地出现在中国春晚，在节目

的选择上也是不避洋厚土，在中西合璧、中西混搭方面进行了多方面、多层次的尝试。看完蛇年春晚之后，你就明白为什么赵本山和黄宏被遗弃了，他们的土气足以冲淡整个晚会的洋气，虽然依然有潘长江等昔日明星在，但他们的气场和赵本山、黄宏等标志性人物是没法相比的。

汪峰的出场，是春晚第一次让摇滚登堂入室，虽然汪峰是软摇滚，但毕竟是摇滚，而《指尖与足尖》有芭蕾舞与钢琴搭配，虽然演出者是中国人，但钢琴和芭蕾本身是货真价实的洋玩意儿。而土耳其的舞蹈《火》则是清一色的洋节目。这些洋气、洋派的节目说明编导的去土反俗的导演思想，另一方面也说明新一代国家领导改革开放的坚定的信心。当然多重混搭的实践，也表明了将世界先进文化本土化的尝试。

尝试当然不是一蹴而就的，今年的春晚不难看出哈文的长处和短处，她在弘洋方面可以说得心应手，但在选择本土改造本土方面却显得有些缩手缩脚或者说缺少创意，基本沿袭了传统小品的格局、相声的思路，把这些小品和相声放到任何一年的春晚也不会觉得生疏，没有今天的时代特征，和整体的晚会格局的追求有分裂之感。再比如毕福剑的在场，就和整个晚会的氛围不协调。

善洋不善土，是哈文春晚的基本特色。同时，看得出来，哈文对于政治话语转化为舞台话语的表达也有些笨拙。春晚是国家与老百姓沟通的平台，政治的元素是不可少的，但看得出来文艺青年出身的哈文对于艺术话语的运用是得心应手的，她在音乐、舞蹈、美术、文学等方面的修养足以支撑一台春晚，而对政治话语的表述则不够婉转和高明，那些带有强烈政治、政策色彩的节目有急于完成任务的嫌疑，太缺少艺术性了。或许有人说，政治不好艺术化，其实讲述好政治话语也是一门学问，尤其对于从事大众媒体的人来说。就像春晚不能变成清一色的报告会一样，春晚不能是清一色的娱乐和艺术，那是专场晚会。

走出农年晚会之后，又不能彻底挣脱曾经的土味和笑点，这是哈文的困惑，也是当下文化的困惑。

第三辑

文坛随议

北京人的"三仇"和上海人的"三愁"

北京人"三仇":仇富、仇腐、仇沪。上海人"三愁":愁外、愁穷、愁普通话。

刚从上海回来,为上海的高价上网费(一分钟一块钱啊)没人管而愤愤不平,在微博上宣泄一通之后,博得大家的同情。但上海的物价局和工商局好像也没人不上微博,声讨了,看了也就完了,我还得按1分钟1元钱的价格付网费(网易读书频道主编黄兆晖先生可作证)。

因为吝啬天价上网费,直到今天上午才看微博,一下子看到上海女作家任晓雯的微博,说北京人"三仇":仇富、仇腐、仇沪。因为刚从上海回,因为刚和任晓雯见过面,刚参加过她公司的一个酒会,觉得特有趣。所以在微博回复道:

看到任晓雯说北京人"三仇":仇富、仇腐、仇沪。显然是来自上海的概括,沪和腐、富声母不一,上海人才会混淆。其实这"三仇"前"二仇"是全国人民之仇,至于"仇沪"吗,好像现在不仇，文革期间仇得厉害。昨夜从上海回，觉得上海人有"三愁"：愁外（外地人和外国人太多）、愁穷（担心不如别人）、愁普通话（沪语没人说）。

任晓雯的说法大概能代表一部分上海人对北京的想象，不大可能是北京人自己总结的。因为北京人现在关心的更多是美国人，不太关心北京以外的事，也不太关心上海人对自己的看法，而这个"三仇"说明上海人关心北京人对自己的看法。"三仇"显然是一种误读，"仇富"恐怕不仅是北京人的心态，"仇腐"更是全国人民的心态，上海人民也会仇恨腐败，腐败是人民的公敌，腐败不除，国无宁日。说北京人"仇腐"，恐怕是调侃北京政治意识强。至于"仇沪"，我大吃一惊，北京人怎会敌视上海人呢？至少现在没有。仇沪的情绪历史上是有的，是在1976年之前的一段时间，"文革"期间上海的经济比其他地方好，物资供应比其他地方充足，甚至被四人帮批为物质刺激的奖金，上海的很多工人也能悄悄拿到。全国人民对上海的特权地位颇有微词。所以，"仇沪"其实是羡慕的极端。在上个世纪80年代后期，"仇沪"演变成了善意的"嘲沪"，春晚那些小品里说沪语的男性一般都与小气有关，而现在沪语或沪味的普通话也从春晚小品里消失了，说明上海的形象在上升。

近来几次去上海以及和上海朋友接触，发现他们有"三愁"：一愁外（外地人，外国人），二愁穷，三愁普通话。这"三愁"说明上海的发展已经非常神速，让市民有危机感。

"愁外"说明上海已经是国际化大都市，是高密度的移民城市。凡移民多的地方，经济必然发达。以前外地人被上海人称为"乡下人"，但现在整个上海遍地的"乡下人"，而这些外地人有不少是投资者，不是那些穷得掉渣、土得掉渣的刘姥姥。至于老外吗，财大气粗的外国投资者更是占领了上海的好地方和好姑娘，让本地人很不爽。

"愁穷",则是忧患意识的标志。愁穷和仇富是一回事,但愁穷比仇富更像上海人,上海人仇富的心理不如外地人强烈,但爱富的心理要更强烈。因为爱富,所以常常愁穷。而安于穷困的人则容易仇富。仇富者希望别人和自己一样穷,愁穷者则希冀自己和富人一样有钱。上海的富人那么多,上海的民众时时愁穷,正是为了发奋追赶。

"愁普通话"则是文化保护意识强烈的表示,愁普通话不是拒绝普通话,而是担心上海话消亡,上海人的"非遗"保护意识极强。几年前,上海就有这样的段子,说:浦江两岸说英语,上海城区说普通话,上海郊区说沪语。上海人引以自豪的上海话居然沦落为郊区的官方语言,实在让人心疼。因为大量外地人和外国人的进入,挤压了上海话的生存空间。乃至有些有识之士呼吁保护上海话,百度贴吧里有这样的话:"年轻人口中的上海话已经变味,很多孩子不愿说它,这是本地人应该反思的,是教育值得关注的,更是相关部门应该加紧行动起来的。上海话是吴越文化的融合体,是江南文化的集大成者,也是西洋文明进入中国的一种见证。一种语言的消失就是一座卢浮宫的消失,也就是这个道理。"上海话已经和卢浮宫画上了等号,上海人对以北方方言为主导的普通话存有某种戒心也是正常的。

"愁"和"仇"同音,但出发点不一样,思考问题的方式也不一样,效果也不一样,需要再次提出的是,依据我在北京的十年经验,说北京人仇沪是误读,恰恰相反,爱沪的北京人不在少数,不少北京姑娘就希望找到精明能干、会挣钱又会做饭的上海男人,而很多北京男人则钟爱嗲声嗲气、美丽聪明、温柔智慧的上海女孩。

2009年十大文化事件：怎一个"钱"字了得

《〈检察日报〉2009年法制蓝皮书》（文化篇），一共有十二条，这十二条的内容除了"封杀奥数"和"汉字整形"外，其余的十条都赤裸裸地和钱有关。2009年春晚的得奖小品叫《不差钱》，"钱"成为2009年的关键字。圆明园兽首拍卖是因钱引起的文化事件，蔡先生拍卖了，不付钱，以此来抗议帝国主义对中国文物的掠夺。小沈阳的走红不是艺术的创新和审美的提高，而是走穴的升级和赵本山公司哗哗银元声的喧哗。张艺谋这么一个大导演，因为奥运会快成中国形象的代言人了，居然去拍《三枪》这样不靠谱的电影，很多人不理解，其实不是为了娱乐，更不是为了创新，而是为了钱。中国现在最缺的不是娱乐，而张艺谋似乎最缺的是钱，尽管张艺谋不差钱，因为《三枪》除了带给张艺谋大笔的钱以外，其他的都是负数。

名主持人代言很多不法医药广告，只有为了钱，才可能什么都不顾，觍着个明星脸说些害人误人的谎言。文怀沙事件的终极意义还是说明了钱的危害性，一个人自称自己百岁不会伤害其他人，但这百岁和不真实的经历叠加到一起，就能产生商业效应。而文怀沙此次被揭，直接损失一年就有大几百万，他的那些字画的价格原先和国内的书画大家可以不相上下，李辉的这一捅，捅破了钱袋子，不是文怀沙一个人的钱袋子，包括那些吃文怀沙的人的钱袋子。论文抄袭的案例屡屡发生，抄袭论文能够评上职称、能够获得地位，最终还有一份好薪水以及隐性收入。出版社体制限期改革，是国家文化产业化的一个重要步骤，当然也是因为一些出版社入不敷出，按照企业的标准早该破产了，但中国的出版社又不是纯粹的企业，它确实承载很多使命。国家不能不让出版社赚钱，又不能让出版社只赚钱。如何拿捏，是个大学问，要在今后的实践中探索成功的经验。

名人赚钱或者说赚不该赚的钱受到谴责，名人不赚钱甚至名人捐钱也受到谴责。余秋雨捐款门事件，说明媒体对待名人的监督力度在加强。比之那些名主持人代言虚假广告，余秋雨还是有些不服气，在那样的需要全民投入救灾的时刻，余秋雨的本意还是有见义勇为的性质，然而好意没有做得理想。但没人追究那些明星做虚假广告的款退了没，就是有人追究余秋雨的账到了没。

奇怪的是我们什么时候不知不觉地开始用钱作为一个价值判断的标准了，恨的是钱，爱的也是钱，骂的是钱，想的又是钱。难道文化就这么简单地"被资本化"了，要不我们怎么会用它作为标准来说是论非呢？

附：《〈检察日报〉2009 蓝皮书》（文化篇）
1. 兽首拍卖波折起，流失文物如何追？
2. 小沈阳春晚走红，雅俗是否有标准？
3. 严禁名人主持医疗节目，利益道德谁更高？
4. 李辉质疑文怀沙，年龄称号都作假？
5. 院士剽窃遭投诉，学术腐败怎么绝？
6. 出版体制限期改，政治市场取舍难？
7. 明星吸毒丑闻多，反面教材力量大？

8. 名人身陷"诈捐门",好心为何遭质疑?
9. 成都首倡封"奥数",应试教育真能禁?
10. 通用汉字被"整形",是非如何下定论?
11. 两管家公开掐架,《魔兽》到底归谁管?
12. 反赌打黑风云急,足坛希望在何方?

2010年好读的11部小说

《中国图书商报》的晓君女士要我评述2010年长篇小说，并且希望我能够摆脱评论家的腔调，和读者站得更近一些。这两年我挂在嘴边的话就是，不经读者发酵的文学作品，难以成为经典。读者是我们文学的出发点，也是终点。我的评说就从那些人气较旺的小说说起，加引号的是网上暂时找不到出处的他人观点，特此说明。

1.《遍地狼烟》李晓敏（网名：菜刀姓李） 江苏文艺出版社

最初接触这部小说是年初的首届网络文学大赛上，《遍地狼烟》获得了一等奖。网络文学颇不受专家们的待见，我以前也是这些专家合唱团的和声分子，但在参加了这届大赛之后，我的看法发生了改变，网络文学作为传统文学的延伸和发展，渐渐已经蝉蜕而去，成为新的文学世家。我们如果依旧按照传统文学的规矩来对网络文学进行削足适履，得到的肯定是一片碎片或残肢。

《遍地狼烟》写的是狙击手，写的是英雄。好看，精彩。人物性格刻画方面也深得传统小说的神韵。虽然朱苏进的《我的战友叫顺溜》火爆荧屏，但《遍地狼烟》里牧良逢的故事丝毫不比顺溜的故事逊色，小说写枪写得好，写主人公对枪的感情深入骨髓。

2.《小时代2.0》郭敬明　长江文艺出版社

郭敬明是我们这个时代的一个商业神话。在郭的神话里，融汇了这个多媒体时代的很多元素。郭的范儿是明星式的，他的走红以及被争议是时代的结果。《小时代2.0》这个题目本身就是时代印记的浮现，"2.0"这样的软件术语要比续编更像这个时代的读本。《小时代》延伸产品，"延续了第一季的故事脉络和叙事手法，展现了顾里、林萧、南湘、唐宛如告别菁菁校园来到充满权力纷争、物欲横流的职场生活。名牌元素的聚拢建构出了物欲时代的心灵渴望，恩怨情仇的演绎更有效地折射出了一代人的青春心史和成长之痛。"网上的这些评语也较准确。

3.《失落的秘符》丹·布朗　人民文学出版社

丹·布朗是近几年来图书市场的一个魔棍，它指挥着中国图书的走向。自《达·芬奇密码》问世之后，中国小说出现了解密、密码热，连电视剧也跟着这股热流走。《失落的秘符》在形态上和《达·芬奇密码》保持着某种承续。著名的符号学家罗伯特·兰登在华盛顿美国国会大厦做讲座，讲座刚开始，国会大厦里出现了一件令人惊恐之物——一只人手，三根手指握成拳状，伸直的拇指和食指直指天穹，每根手指上都有具特殊符号学意义的诡异刺青。兰登根据戒指认出这是他最敬爱的导师彼得·所罗门——一位著名的共济会会员和慈善家的手，也辨识出这个手势与其上的刺青结合在一起是表示邀请的一种古老符号，旨在将受邀者引入一个失落已久的玄妙智慧世界。兰登意识到彼得·所罗门已被人残忍地绑架，他若想救出导师，就必须接受这个神秘的邀请。由此兰登展开了解密探索的过程，故事惊险，悬念迭生。

丹·布朗热的背后，是人们对阅读的知识性渴望。我们的纯文学越来越忽视知识力量的时候，丹·布朗重拾文学的知识功能，在推理和悬疑甚至灵异中让历史、知识、科学在文学的语词里重放光芒。

4.《东北往事 4：黑道风云 20 年》孔二狗　重庆出版社

孔二狗是 2010 书界的一个重大收获，类似 2003 年网络收获了慕容雪村一样。孔二狗奇特的阅历和社会经验让他成为网络红人，再次说明网络可以让一些无厘头的主一举暴得大名，但同时也埋没不了有真才实学的人。孔二狗就是一个在传统文学的运行程序中可能被遗漏的作家，但在网络时代他破"水"而出。

这部书是续集，但比之前面几部并不逊色。"从八十年代古典流氓的街头火拼，到九十年代拜金流氓的金钱战争，再到如今的官商勾结，整个流氓组织的演变过程，光怪陆离、惊心动魄。"

5.《杜拉拉 3：我在这战斗的一年里》李可　江苏文艺出版社

因为工作的关系，《杜拉拉升职记》这本在文学圈里不受待见的小说，让我一直关注。它愣是在排行榜上盘踞了那么长的时间，重印三十多次，这其中肯定是有理由的。今年《杜拉拉 3》又出来了，职场的故事大致可以推想，杜拉拉依然像游戏攻关一样克服种种困难，拿到攻关秘籍，成功晋升，但读者依然无条件喜欢。今天的读者买书是很吝啬的，杜拉拉的成功肯定是拨动了某群人的心弦。

而如今，能够拨动人的心弦是很难的。

《杜拉拉》开头第一句：

"杜拉拉，南方女子，姿色中上。"

为什么不把杜拉拉写成美女呢？因为美女升职在人们看来天生就是很自然的事情，上帝给了她一个美丽的皮囊，就是让她接受人们致敬和宠爱的。何况生活中的美女比例大概不会超过5%，而美女们很少在职场上拼搏，她们另有更轻松的去处，美女升职的故事是很难引起人们共鸣的。大多数的女性长相在中等，她们的自我评价再加上现代美容术的修饰，所以很多人认为自己的长相在"中上"。

因而"中上"就成了沉默的大多数，"中上"也是职场的主力军。这就是《杜拉拉》能够吸引职场那么多人关注的一个潜在要素了。大多数长相平平的人如何"升职"，是一个"主旋律"的问题，美女幸运儿升职的故事只能当做"花边"来"八卦"，而姿色中上者的成功经验才具有历史普遍性。

终于明白不写杜拉拉具体容颜特征的原因了，杜拉拉的肖像越抽象就会让越多的人去"对号入座"，如此她才能成为人们实用的新偶像。

6.《1Q84》村上春树　南海出版公司

记得去年江苏的《现代快报》记者曾让我预测当年的诺贝尔文学奖得主，并说日本的村上春树是有力的竞争者。我当即回答说，我不能预测到得主，但我可以肯定地说，村上春树肯定得不到诺贝尔文学奖。记者很奇怪，为什么这么肯定？我说，村上春树的路数不是诺贝尔文学奖评委喜欢的路数。在这些评委的眼中，村上春树是俗的。

村上春树是有些俗，但俗得不俗，甚至有点脱俗。这也是广大读者喜欢他的一个原因。

《1Q84》"写一对十岁时相遇后便各奔东西的三十岁男女，相互寻觅对方的故事，并将这个简单故事变成复杂的长篇"，他想将这个时代的所有世态立体地写出，成为他独有的"综合小说"，超越纯文学这一类型，采取多种尝试，在当今时代的空气中嵌入人类的生命。

7.《藏地密码8》何马　重庆出版社

《藏地密码》让我感兴趣的不仅是它的文本，还有它文本的产生，以及产生过程中的传播学问题。《藏地密码》和麦家的解码系列不同，它有着明显的跟风倾向，或者说有着明显的图书运作学的价值。《达·芬奇密码》的畅销，刺激了中国图书原创的热情，也推动了密码系列跟风书的大潮。在这大潮中，《藏地密码》是最为成功的。它的很多方式，值得我们总结。比如，原创性的问题，作者与团队的关系，创意和操作的比例，从文学层面来说，也有值得重新界定和探讨的问题。这样一部关于喜马拉雅雪人传说的传奇小说，纪实和灵异结合，知识和想象融合，好看，好读。

8.《风语》麦家　金城出版社

国内很多的畅销小说作家明显受到过丹·布朗的影响，但麦家没有。麦家写作《陈华南笔记本》的时候，丹·布朗的《达·芬奇密码》在国内还没有译本。而麦家的《解密》创意在1995年的《陈华南笔记本》中就端倪大现。麦家的出现影响了中国电视剧的走向。虽然在麦家《风声》之前，谍战片已经大行其道，但麦家融入解密和密码的元素之后，确实让谍战片多了一些智商。《风语》的主人公依然是一个奇人，数学天才，有点类似今天维基解密的那些天才。只不过他当年面对的是密码，而维基面对的是计算机程序。他手无缚鸡之力，却令人谈之色变；他不识枪炮，却是那场战争中最大的战斗英雄；他在纸上谈兵，却歼敌于千里之外；他孤身一人，但起的作用却抵得过一个野战军团；虽然不免夸张，但有明显的麦氏风格。

9.《1988，我想和这个世界谈谈》韩寒　国际文化出版公司

韩寒2010年在图书出版界做的最大尝试是《独唱团》。当然他自己的这部长篇小说也值得关注。"我开着一台1988年出厂的旅行车，在说不清是迷雾还是毒气的夜色里拐上了318国道。"用一部旅行车为载体，通过在路上的见闻，对过去的回忆，扑朔迷离的人物关系等，各种现实场景，加上韩寒本人对路上所见、所闻引发的观点——这趟旅途真正的意义是在精神层面。如果说似乎逾越了部分法律和道德的界限，但出发点也仅仅是希望在另一侧找到信仰。韩寒是"叛逆的"，他"试图用能给世界一些新意的眼光来看世界。试图寻找令人信服的价值。他认为这一切通过文学都可以实现，产生了要创造一种批判现有一切社会习俗的'新幻象'的念头——《1988》就此问世。"我觉得这段话说得比我好，就抄在这里供大家分享。

10.《白雪乌鸦》迟子建　人民文学出版社

迟子建是文坛的常青树，自二十岁出道以来，便开始攀折文坛的各种奖项，像一个挂满金牌的邓亚萍。邓亚萍如今已经不能再拿金牌了，而迟子建依然有能力和机会攀折金牌。不过国内的金牌她拿得手有些烦了，得一块国际金牌大有希望。《白雪乌鸦》有点纪实，迟子建的长篇喜欢纪实，或者说以纪实作为背景。这部小说是根据1910年冬至1911年春在东北哈尔滨爆发鼠疫的史实创作的，写灾情，民情，普通民众王春申、翟芳桂，官员于驷兴、医生伍连德等人物也都很有特色，保持了迟子建的创作水准。

11.《知青变形记》韩东　花城出版社

《知青变形记》和《白雪乌鸦》一样，没有前面几部畅销，但我认为《知青变形记》还是好看，继《小城好汉英特迈往》之后，韩东继续为当代文学默默奉献呕心沥血之作。我在读《小城好汉英特迈往》之后，痛哭。我在看《知青变形记》时，忍不住笑，但笑完之后，号啕。知识青年罗晓飞为争取回城，主动饲养生产队唯一的一头耕牛。后耕牛因病趴窝，罗晓飞遭到公社人保组的非法审讯，被诬陷为"破坏春耕生产"的"奸牛犯"。之后他冒充村里死去的农民活了下来，成了别人的丈夫和父亲，但再也不是自己。不是卡夫卡，在现实层面上，胜似卡夫卡。

真假子弹在飞：2010年文化事件回顾

《〈检察日报〉2010年法制蓝皮书》（文化篇）的内容有八项，其中涉及抄袭和造假有三项之多，关于摄影金奖的议论，关于曹操墓的议论，打假斗士方舟子等被袭事件的议论，电子书版权的是非，以及唐骏学历的议论，其实也涉及到真假的问题。辨别真假，孰是孰非，成为2010法治文化事件的焦点。

今日看姜文的《让子弹飞》，有趣地发现这是一部由真假引起的复仇大战。土匪张麻子冒充县长上任，而县长本身也是假的，花钱买来的。当地恶霸土豪黄四郎冒充土匪与假县长张麻子周旋斗智斗狠，真真假假纠缠到一起，假作真时真亦假，假救了黄四郎，也送了黄四郎的命，真张麻子也被假麻子做掉了兄弟甚至赔上假夫人。当然张麻子最后成功复仇，靠的是黄四郎的假人头。

如今纠结于我们心头的，很多都是真和假的困扰。以前还是假烟假酒注水猪肉的问题，后来出现了假老虎、诈捐门、伪学历，现在连考古这样严肃的学术事件也被人们质疑。我在这里没有能力去辨别曹操墓的真假，也不想站在任何一方去批评另外一方。我的困惑在于为什么人们会对考古这样严谨的学术结论质疑，是我们内心已经丧失了相信的能力吗？还是我们社会的诚信度已经下降到零点以下？重要的是这种诚信的危机从市场向社会的各方面延伸，已经渗透到考古这样高度严肃、高度学术的领域。学术是一个民族良心最后的平台，学术的诚信如此受到质疑，不光是学术的问题，是我们社会文化价值系统的核心内核受到动摇、受到挑战。

当前文化的主要矛盾不应该是俗与雅的冲突，而是真与假的纠缠。"三俗"固然要反，但假雅真俗的危害不见得比俗更坏。电视相亲固然容易流俗，但假的流行，比俗还要可怕。整个社会对真实的疑惑，源于人们内心的不平衡，这种不平衡是由于社会转型带来的资源不公、分配不公、承担不公引起的，占有少量资源的人可能要承担更多的责任和使命，资源得不到合理的分配，错综复杂的社会现象导致了人们心态的不平衡。人们常常喜欢通过怀疑、质询的方式来排解内心的不平衡，结果导致了新的更大的不平衡。如果说《〈检察日报〉2009年法制蓝皮书》（文化篇）涉及的一些文化事件是源于"钱"的困扰，那么今年的文化表征则表现为钱造成人们心灵失衡之后出现的文化失范行为。

这些文化失范的行为有些可以通过法治的手段来解决，有些是法律无能为力的。重新提出真善美的价值观，弘扬真善美的价值观，对解决当前的文化失范，解决困扰人们心头的真假之痛，是刻不容缓的。法律讲真，道德讲善，艺术讲美，通过全方位的文化提高，才能真正找到一个民族文化的平衡点。

附：《〈检察日报〉2010年法制蓝皮书》（文化篇）

一、摄影金奖属剽窃，版权维护难上难

二、曹操墓穴真假难辨，对垒背后有利与欲

三、央视禁用英文缩略词，规范语言须用行政令？

四、南京教授换妻获重刑，聚众淫乱难辩罪与非

五、电视相亲节目惹争议，广电总局出拳反三俗

六、电子书版权纠纷多，作家利益如何维护

七、文化圈暴力层出不穷，文人精神堕落流氓化

八、官员得鲁奖遭质疑，身份与作品孰高低

2011年十七个词：临界的中国疼痛着

建党九十周年　辛亥百年　十二五规划　校车　723动车　醉驾
忠诚、为民、公正、廉政　蚁贪　地沟油　PM2.5
文化　故宫　绿领巾　南方科技大学招生改革
艺术品鉴定　刘老根会馆　孔庆东

《〈检察日报〉2011年法制蓝皮书》（文化篇）所列的十七个热词，是对2011年的另一种总结和概括，十七个热词对应的不只是十七个事件本身，而是中国的诸多形状和现象。透过这十七个热词，我们看到中国正处在一个临界的时刻。

这个界有些是时间上的，有些则是空间上的，有些是文化上的，有些是心理上的。比如"建党九十周年"、"十二五规划"，都是时间的节点。中国共产党辉煌九十年历程，离百年之大庆只差十年。2011年还是辛亥革命一百周年，九十年和一百年之间的意味是那么的深长。

与时间相关的还有速度的问题，"7·23动车事故"看似一起普通的交通事故，但它激起的民众和媒体的反应超过了"渤海二号"事故。当年的渤海二号事故是由上向下的问责，而"7·23"则是由下向上的问责。高铁的运行，超出了中国人的心理极限，由此引发的议论和喧哗也大大超出对一次交通事故的质疑。

"动车"之后是"校车"，校车安全问题，这么多年居然没有一个机构去过问，等甘肃出了大事之后，才匆匆出台一些规定，虽然效率很高，但为什么不能未雨绸缪呢？很多事非要等到出了大事之后再出台规定吗？

"PM2.5"和"地沟油"也是今年特别有趣的两个词，一是呼吸的空气，一是食用油，这两个同样是进口的东西，我们以前居然没有划定一个明确的界限。环保部门将"PM2.5"列入了监测标准，地沟油遭到严打，说明新的政策越过了旧的界限。整治"醉驾"，大快人心，贵在坚持。

文化的大发展、大繁荣是2011年的热门话题，政府重视文化是好事，小平说，贫穷不是社会主义，胡锦涛说，精神空虚也不是社会主义。关注文化切切不要以为只是一个文化产业的问题，文化最大的价值是解决精神空虚、信仰危机的问题。灵魂的归宿是最大的文化问题。

2011年出现的故宫系列的话题、文物艺术品鉴定的问题，以及在一些文化名胜处的会所、产业带来的争论，都是对那些打着文化产业的名目做反文化勾当的质疑。金缕玉衣、徐悲鸿油画造假只是目前文化失范、艺术失范的冰山一角，表面是一个鉴赏标准或鉴赏能力的问题，背后其实还是财迷心窍、还是内心的那道底线破溃了，界线被钱冲垮了。

文学评奖也是一种艺术鉴定。这一届茅盾文学奖引起诸多人的关注，可以说主办方获得了成功。文学需要读者，文学需要关注。老在小圈子里谈文学，让文学越来越远离大众。这届茅盾文学奖评选作品借鉴了某些娱乐选秀的方式，可以说是创新。至于评委实名制，是创新，也是越界行动。实名固然有利于监督，但对评委要求更高了，因为评委不仅要有正确的鉴赏力，还要有秉公无私的正义感，甚至"大义灭亲"的硬心肠，这样的评委全国有多少，怎么筛选出来？评委选获奖作品，谁来选评委？前面的界划好了，后面的限才会行之有效。

教育问题也是2011年的热点，"绿领巾"这种公然歧视青少年学生的做法，和张艺谋在《金陵十三钗》里把女人分为女学生和妓女两种一样荒唐，女生该活，妓女不该死。而南方科技大学招生碰到的问题，不是一家学校的事情，而是教育改革的边界在哪里，谁来划定这个边界。而孔庆东的"三妈"问题也是与教育有关的问题，这就是教师、教授能不能骂人？课题上骂人无疑要开除，但生活中每个人都有可能骂人甚至打架，如果违法乱纪了，不应因为教师的身份罪加一等。当然，微博作为一个新的自媒体，怎么管理怎么制定规则是今后要解决的问题，也有一个亟待划定界限的吁求。

旧的格局在慢慢消失，新的标准正在确立，2011年已经过去，新的一年已经来临。中国的现实发展着、变化着、疼痛着，是不是转型前的阵痛还不好说，但面临的诸多界线等待跨越，我们期待着，努力着。

博客是一种软文学

博客随着网络兴起，日渐繁荣，博客高度的个人性和随机性，是一个开放社会才有的表征，对写作者而言，可以最大限度实现创作自由和发表自由。

但是给博客定性是一个复杂的学术问题，网络和博客的高速发展，让研究者来不及给它一个准确具体的定位，但我们不能等这一新兴的媒体成熟之后再进行具体的研究和分析。以下内容是我近期研究论文的一部分，现贴在这里，和网友们共同商量，主要还是听网友们的高见，拍砖、灌水均可。

说博客以及由此代表的网络文学是软文学，是相对于传统文学而言的。传统的文学，光新文学就经过了百年历史，已经形成了一套完整的规范和价值判断系统，它是成熟的、有形的、稳定的，简单地说，虽然作家和作品是流动变化的，但框住这些作家和作品的系统却是刚性的硬性的。

软文学的定义，首先在于它不能简单纳入传统文学的范畴，和传统文学相比，它是欠规范的，是流动发展的，是有弹性的。它的很多地方会溢出传统文学的规矩之外，或放大，或变形，或缩小，在一些独特的地方才华横溢。尤其在文体上，打破常见的小说、散文、诗歌、戏剧以及评论的局限，或者将这些文体杂糅在一起，不拘一格，不是戴着镣铐跳舞，而是在跳舞时砸碎镣铐或化镣铐为道具。

这样的来自文体革命的活动，其实背后是文学观念的嬗变，是对传统文学悄无声息的一场绿色革命。比如博客的以下特征就是对传统文学的悄悄位移。

1. 亚媒体性。博客之所以能够广泛吸引眼球的一个重要原因，在于它的亚媒体特征。博客的媒体特征，在于它能够发布或传递新闻消息，汶川地震、成都公交起火等一系列的新闻事件最早都是通过博客来传播的，博客已经成为媒体的媒体，一些媒体往往借助博客来寻找新闻源。博客的亚媒体特征，又因为强调个人的现场感，而个人的视野、个人的判断、个人的言说恰恰是文学的本质，文学区别新闻的一个差异在于，文字是经过个人情感发酵的，媒体强调的是一个固定立场的真实。

2. 高度个人性。博客的高度个人性不仅体现在写作方式上，也表现在发表方式上，90%以上的博客是带有个人日记性质的，也就是以往记录在个人笔记本上的文字，如今被公开示众了，这种示众以前是极少数人物才能享有的权利，而博客因网络的公共空间平台的公众使用被群众或人民（准确地讲叫网民）分享了，虽然网站在博客主页推荐时主管依然厚名人薄草民，但草民毕竟有了自由展示的空间。绝大多数人把自己的博客称为小园子、自留地，其实是"我的地盘我做主"、"我的博客我管理"的主人翁意识。夸大一点说，一个博客就是一个小报刊，一个小传媒，这媒体的拥有者是"我"自己，"我"是主编，也是主笔，"我"是记者，也是编辑。

3. 共时参与性。博客的最大特点不是个人情绪的无障碍表达，而是在于它的受众（网民）的介入，跟帖留言是博客的一个重要部分，阅读博客和跟帖正是开放的文学开放的文本一个重要表征。

上个世纪法国著名的思想家罗兰·巴特一直呼吁文学的对话功能，他认为传统文学的缺点在于是一个封闭的文本，只能听到作者的声音，因而他认为文学必须是开放的文本，他提出的"作者之死"，就是解放读者，每个读者也是作者。罗兰·巴特为了体现这种作者之死的理念，曾专门和他的学生进行过一次对话，就是把世界名著里的恋人在各阶段的对白集中，一起进行探讨，这些自由探讨的声音被记录下来，收到《恋人絮语》（此书后来在中国再版时改为《一个解构主义的文本》）。但这个开放的文本由于受纸媒体历时性的限制，并没有真正做到彻底的开放，《恋人絮语》依然署上了罗兰·巴特著，作者没有死亡，至少从知识产权的角度讲，没有死亡。

罗兰·巴特理想中的开放文本，今天通过网络得到了完美的实现，网络的开放性和共时性为开放文本提供了硬件，读者（网民）能及时介入和随意地发挥，罗兰·巴特说的读者真正诞生了。读者不再是被动地接受，而是有了发挥创造的可能，这也就是今天网络文学为什么火爆的原因。还有就是困扰出版社的一个原因，就是为什么一些网上火爆的作品变成纸媒以后，销路平平了，因为那些在网上火爆的作品有共时性参与的功能，变成纸媒以后参与功能丧失了，读者成不了作者了。

开放、参与是当下时代的重要特征，开放的社会就是人民参与机会无限大的社会。民主的本质，在于人们参与社会的管理和监督。博客作为软文学，其价值不可低估。

人民有被语录的权利

——开博四周年感想

准确地说,《潜伏在我们周围的》是一本博客选本。博客是网络出现之后才出现的新文体,我接触网络晚,接触博客也晚。起初新浪的编辑要我开博客,我表示看看再说。但很多事情出乎你的意料,一位新开博客的朋友在网上搜索我,搜到的是同名的博客,以为是我的,惊讶地问我:王老师,你怎么开这么一个博客?网上居然有和我同名的博客出现,而且有一个还是用来搞诈骗的。我一听傻了,赶紧声明说,那不是我的。但一想并不是所有人都会打电话问的,个别人宁可私下里传,也不会找你核实。我一想,赶紧开博客吧,以免流言缠身。用行话说,开官博吧。官博这词有点可笑,一个人只能代表自己,官博可能是验明正身的意思。

开博客的时间选在六一儿童节,是故意为之。我在开博时说:"选择六一儿童节开博,我相信博客该具有童心、童趣,也是希望博客永远不要长大,世故、油滑、虚伪是博客的天敌。"博客最初有日记的意味,记录个人的生存状态和感触,但现在慢慢变成了自媒体、"晒"(网络新词,展示或显摆）场和赛场。我个人对此准备不足，有时被迫赛一下，比如关于简化字的问题，产生那么强的反响和争论，实在意外。这也是网络的效用，当然也是博客的潜在功能。因为如果不是博客的自在和放松，那篇《50年内，废除简化字如何》是不会写的，因为这个问题作为学术问题是需要严谨论证的。但博客的好处就是可以口号，可以标题党，让人民也享受被语录的权利。

语录体以前一般是圣人的权利，《论语》、《孟子》是语录体，我们这一代人经常聆听到的是毛主席和邓小平的语录，在今天看来，好多是博客体，不是那些报告体。而今天，人民也可以语录了。这就是博客赋予人民的权利。当然，之后兴起的微博因为限制在140字以内就更加语录化了。

起初写博客时，我是有意追求博客体，在形式上有点像随笔也有点像时评，当然也不像随笔时评那么规范。在行文上非书面化，或者尽量网络化，因而有些地方显得不那么规范，甚至有些错别字也因此被捎带进去。现在出书，还是努力规范，合乎语法，作了一些调整，当然约定俗成的就没改。网络的革命，带动语言的变革，也带动了思维的革命。花城出版社还是敏锐的，出版我这么一本非散文、非随笔、非时评的合集，给了我信心，写作博客的信心，继续网络的信心。

书名叫《潜伏在我们周围的》，也是与博客有关，因为你在博客上亮相，看你的人基本上是潜入的状态，而你在明处，这些潜伏者影响着你、制约着你、成就着你也毁灭着你。你语录或被语录，都是暗夜里行走的过客。博客就是过客的踪迹而已。

从灌水到炼油

——关于微博的 N 种说法

记得今年的七月份,我写了一篇关于"博客是一种软文学"的博客贴在新浪的《王干作文大解放》,探讨博客作为一种软文学的特性。没想到一两个月后,我又接触到一个新概念,叫"微博",各领风骚多少天?不是我不明白,这世界变化快。微博,简言之,就是微型博客。俗称围脖,有趣的说法,围脖不是正经服装。这"微博"之微,就在于它有字数的限制,每篇博文不能超过140字,当时我私下嘀咕,怕不是按两条短信的字数来限制的吧。后来问新浪微博的专业人士,果然是按两条短信的字数设定的。微博据说来自Twitter,所以新浪的微博是weibo.com。当然新浪没有完全克隆Twitter,融进了很多新的元素,比如评论、私信、图像等等。

这微博风乍起,便吹皱了一池春水。虽然没能翻江倒海,但经新浪的热烈推广,大有成为博客之后的第二高潮。而姚晨和徐静蕾成为微博和博客的双峰并峙,也成为一大景观。《中华文学选刊》有感于这样一种新的文体形态的出现，决定在明年开辟《微博精选》的栏目，以最快的速度将微博之民的智慧呈现给读者。

2009年11月25日上午，《中华文学选刊》召开微博文学座谈会，被网友戏称为"围脖一大"。人民文学出版社社长潘凯雄到会，体现了人文社对微博这新事物的关注和热情。之所以将微博冠之以文学，我觉得目前微博文学性还是大于传媒性。它在个人性、文本的修辞性和情绪的无遮蔽表述上，和文学诸多面是切割的。后来《文艺报》发消息时，以为我打字出现错误，将"切割"改为了切合（含契合之意吧），我用的拼音输入法，是有错字讹字，但这"切割"没错，且是刻意用的，因为我目前看到的微博，除了那些饭否睡否浴否之类的流水账外，一般文人的微博，包括一些明星的微博，都自觉不自觉地引进了一些文学的习惯性话语和修辞手段。格言式的、世说新语式的、微型小说式的、谜语解谜式的、歌谣式的、短诗式的，和文学形成某种对立和互补，好像是切割开，但又是关联陪衬。

当然，对微博的定义，会议前因为我在微博上发布消息，所以在微博上就已经展开讨论。连蓬说"围脖未来作用：1.网友可获最新、来自第一现场快讯。2.追踪朋友最新动态。3.追踪明星或偶像最新动态。4.公司企业资讯交流工具。如新产品上市前通过围脖寻求消费者意见。5.特殊销售管道。如企业可在这销售些特价商品。6.监测民情、舆论、流行发展趋势的管道。政府机关政策或消息，可透过围脖延伸。"杜骏飞认为，"微博的功能首要是社会交往，其次是信息分享，其次是思想对话，其次是情感交流，然后才是文本修辞。"云霄说，微博是口碑重镇。北方说，微博是大排档，属于大众，你可以穿着体面，也可以满身油渍，它不会带来什么效益，也不太影响市容。而在新浪执行副总裁陈彤看来，博客和微博本质上是不同的东西，却又有些近似性，关键在于微博这种即时性书写平台，引入了社交网络的关系结构。

会议前就有了各种说法，会议的热闹程度也就可想而知。盛大文学的代表颜桥认为，微博是个聚合物，能够整合虚拟的朋友，理想的信息平台。对写微博的人来说，还是个人的对称的镜像。每个人都希望看到现实生活中的另一个我，而微博的记录功能能够塑造一个镜像式的自我。微博对自我形象的虚拟性塑造，某种程度加深了它的文学含量。新浪微博的编辑认为微博是对自我形象的真实塑造，他们举了姚晨和赵薇，微博展示了她们有别于影视的形象。传媒学博士王樊一婧（不是日本人，是家住中国新疆的汉族人）说，微博是对自我形象的第二次塑造，微博的主要功能还是作为媒介存在的。这次座谈会，本来想通过围脖转述的，但我社会议室网络出了小故障，我只能通过手机发了两幅照片。代表发言气氛很浓，会议直到十二点又三十分，要是不被打断，现在还要争论下去。

本来与会的张颐武教授因参加央视某论坛不能前来，但发来观点说，微博像女孩子的裙子，越短越吸引人。会上还产生了一个在微博上流传的句子：微博是网络化时代的俳句。我个人喜欢俳句说，它更接近文学，而且因为有了140字的限制，像五言七言一样，在限制中有了创造的可能。没有这140字的限制，就是一般BBS。

我们这些说法在新浪的朋友看来很浪漫，他们则说，微博是他们的一个新的产品，他们力推的新的产品。从新浪的朋友介绍来看，微博是一个具有覆盖性的庞然巨物，有野心和宏图大志。当然这不影响微博的文学性甚至文体的创新性，因为以往的实践证明，网络的各种形态在中国是最容易文学化的。

搜索下本人的微博，发现本人居然也有为微博做定义的。当然也是对微博的期待。

　　博客是标题党，微博是短裤党。目前的微博短（140字），段（讲段子为主），围脖成了短裤。没有产生话语风暴，也没有爆料，短裤段料（尿）出不来。话语领袖期待中。

俳句说在微博上传播之后，著名出版人路金波写道："谈'围脖文学形态'还早得可笑。我甚至从未发现有人在实践中将其视作创作平台。倒是有一点，140字的限制，能够逼迫作家锤炼语言。去掉那些惯性的形容词副词，使文字更多动词，更简洁干净有力。而过去的网络创作，常常因为肆意而无节制，把作家的语言弄坏了。起点上动辄上百万字巨著，简直使人恐惧。"

2001年我曾将网络时代的来临，尤其针对网络文学的浩如烟海的庞杂无序，称之为"灌水时代"，后来将自己的评论集也取名为《灌水时代》。因为网络的无门槛进入，也因为网络的海量信息，没有了限制，语言的含金量、语言自身的尊严受到了挑战。语言尤其作为传播交流的书面的语言，应该有某种自律的律存在着。微博虽然不见得就是天条式的"律"，但毕竟让网上的灌水者有了律了，不能有水就灌了，要去"炼"，从水中炼出油来。语言的限制让灌水变为炼油，微博的俳句说，固然有些文学青年化，但至少告诉我们网络的法则、网络文学的法则会慢慢形成。

当然，微博是一个正在生长的未知的形态载体，刚刚萌芽抽枝，以后长成什么样，恐怕连它的主人也难准确控制。就像一棵树，是有自己的形态的。就像一个孩子，家长最后也难完完全全在他身上完成自己的设计。生命的生长往往突破人的意志。

这是人民自己的文学

  我对微博的热忱，出乎很多人的意料。最早的微博文学座谈会（被网友戏称为"围脖一大"），便是由《中华文学选刊》召集的。像我这样多年文学工作的从业人员，一般对网络尤其网络文学是有些酸酸的心理。虽然只换了一个平台，但换一次平台等于搬一次家。所以老人们是懒得搬家的。我对微博的兴趣，是看中其中的言语互动性。

  文学的互动性，是困扰文学发展的瓶颈，也是现代社会对文学的更高要求。早在上个世纪六七十年代，法国著名的思想家、文学家罗兰·巴特意识到文学对读者的限制，意识到作家对读者的绝对统治，提出了著名的"作者死了"，罗兰·巴特的思想是现代民主思想在文学上的一次体现。虽然文学曾经是民主思想的热情呼唤者，但文学载体的局限，影响了文学和读者的更大范围的交流。作家的姿态基本是我说你听的格局，虽然有些作家千方百计地想放低自己的身段，来聆听读者的声音，比如罗兰·巴特就曾经写过《恋人絮语》，试图让读者和作者来共同完成文学的文本，但由于受纸质媒体的单向传播所限，罗兰·巴特的实践只是囿于学术的范畴，也只是缺乏实践的理论性的建树。

作为这次新浪微博小说大赛的评委，我看到了"微"传播"微"，"微"感动"微"，"微"影响"微"，"微"带动"微"，作者亦是读者，读者亦是作者，平等，自由，民主，权威退场，微客狂欢。

以前的文学的主角是作家，微博的主角是所有的参与者。所以，这里的文学，是人民自己的气血，不是帝王的文学，也不是精英的文学。

是为序。

（新浪微博一位未名小姐电话，让我为他们的得奖微小说集写序，我慷慨允之，挥键而为，等她发来邮件时，才知是为"亲情卷"所为，遂戛然，存此。）

当代的"床前明月光"

　　海峡两岸的关系的松动居然是从文学开始的。这是很多人没有想到的。我也没有想到，在新浪谈"共和国文本"之余光中的《乡愁》时，我突然想到了这一点。而且发现，率先提出"三通"的居然是现代派诗人余光中。

　　台湾的文学进入大陆，不知道是谁开的禁，这个禁开得好！琼瑶阿姨的小说滋润了多少人，台湾的文学一度曾经成为大陆的畅销读物，以至当时有一本刊物叫《港台文学选刊》，现在好像也不见了。

　　我最早接触到台湾的文学，好像是诗歌，当时流沙河先生在《星星》开专栏，题目好像叫《台湾现代诗人十二家》。确实是开启了一扇新的窗户。是啊，文学无国界，外国的文学作品可以翻译过来，和我们同根同祖的台湾文学为什么不能看呢？何况还不要翻译呢！

　　文学促动了海峡两岸关系的解冻，我们都记得当初读琼瑶、三毛、席慕容、白先勇的喜悦心情，他们让我们了解了台湾，也让我们了解了海峡那边中国人的生活和情感，也知道我们在这头，他们在那头，血脉相连，割舍不断。

余光中写的是乡愁。愁是文学作品最喜欢描写的，中国古人描写愁产生了很多的警句，辛弃疾的"少年不识愁滋味，独上高楼，为赋新诗强说愁。如今识透愁滋味，欲说还休，却道天凉好个秋。"李煜那首"问君能有几多愁，恰似一江春水向东流"。近人戴望舒也喜欢写愁，尤其爱写乡愁，也留下了不少的佳作。比如《我的怀乡病》。当然乡愁的最高境界还是李白的那首《静夜思》："床前明月光，疑是地上霜，举头望明月，低头思故乡。"了了二十字，宏阔大境界。

余光中是台湾现代诗的代表人物，但这首《乡愁》却非常古典，或者说是将新诗古典化的成功尝试，季羡林先生说"新诗写作，迄无成功"，我个人认为，《乡愁》属于新诗的成功之作。全篇只有88个汉字，但意境开阔，韵味隽永，广为流传，堪称当代的"床前明月光"。

乡愁是诗人最爱写的，也是最难写的，因为"崔颢题诗在上头"，名篇太多，难以超越。余光中的《乡愁》之所以成为名篇，不仅在于他使用了意象化的手段，因为意象化的手法在20世纪50年代也算不上新鲜的玩意儿。他使用了意象群来表达乡愁，像音乐里的回旋一样，反复表达同一个主旨，乡愁是邮票，是船票，是坟墓，是海峡，这些不同的意象反复吟诵着同一个情绪。而且这些意象是不断拓展、延伸、放大的，从邮票到船票再到坟墓，直至海峡，乡愁被放大无数倍，这乡愁也不是一个人的乡愁而是一批人、一群人、一代人的乡愁。由于《乡愁》的独特的文字美，很多作曲家，包括王洛宾在内为它谱过曲，但都没有能够广为流传，说明诗自身的音乐美难以超越。

乡愁的放大也伴随着诗人的成长，《乡愁》在短短的诗篇里，潜藏着一个成长的主题。从："小时候"到"长大后"，"到后来"，"到如今"，时间在流逝，"我"也在长大，乡愁在放大，世界也在变大，我与世界的联系方式也在变，从邮票到船票，从坟墓到海峡，天地越来越大。

整个《乡愁》写的是与家乡的"隔",从希望到失望,再从失望到希望。船票则是交通方式,到坟墓的时候诗人则是绝望。而海峡的时候,诗人又产生了希望。乡愁原来是通的,到了坟墓的时候,就断了。小时候求学在外,邮票是通讯方式,乡愁是通的,靠写信来消除这"隔",邮票承载的是乡愁,送达的是乡愁。到船票的时候,我已经长大成人,成家立业,结婚了,但两地分居,乡愁转化为对妻子的思念。船票是交通的方式,这个时候,乡愁依然是能化解的,通过船票能见面的。但到母亲去世的时候,乡愁变成生死之隔,变成了坟墓。诗人是绝望的,"你在里头,我在外头",不可以通话。一个世界与另一个世界难以对话,生与死如此相近又如此遥远,乡愁变成不可以对话,不可以化解了,诗人情绪带有些绝望。但到了乡愁变成"浅浅的海峡"的时候,虽然距离更为遥远,但只是"浅浅的",其实台湾海峡在地质层面上是非常深的,余光中觉得"浅浅",是因为他相信终有一天,会有一张船票能够让他跨越这宽阔的海峡,回到大陆的怀抱。诗人对未来充满希望。

《乡愁》写了对"三通"的渴望,邮票是对通邮的渴望,船票是对通航的希望。早在上个世纪 50 年代,诗人就提出近乎后来"三通"的希望,代表了人民的心声。这首诗,被两岸的中学教材选进去了,说明统一是两岸人民的心声,同时也说明优秀的文学作品能够超越阶级、民族、政治、历史的局限。

在《乡愁》这首诗里,乡愁的意象是变化的,"我"面对的对象,前三次都是女性,母亲和新婚的妻子虽然是具象,但实际并不具体,可以泛指,指代所有的母亲和妻子,最后的大陆和海峡却是特指,专指台湾海峡和中国大陆,其实如果用我们习惯的政治话语表达就是:祖国,我的母亲。或许有人会提出来,这第二节不是说的新娘吗?其实早在上个世纪 20 年代郭沫若在《炉中煤》里就把祖国比作年轻的女郎、恋人,"我为你燃烧成这模样"。把祖国比作恋人和女性,是现代诗歌常用的手段,余光中巧妙地将对祖国的思念融化到乡愁这样一个意象中。乡愁无国界，无党界，无阶级界，无民族界，无历史界，只有世界。

附：

《乡愁》余光中

小时候 / 乡愁是一枚小小的邮票 / 我在这头 / 母亲在那头；
长大后 / 乡愁是一张窄窄的船票 / 我在这头 / 新娘在那头；
后来啊 / 乡愁是一方矮矮的坟墓 / 我在外头 / 母亲在里头；
而现在 / 乡愁是一湾浅浅的海峡 / 我在这头 / 大陆在那头。

向鲁迅学习散文

我一直认为,鲁迅的散文《野草》、《朝花夕拾》是新文学的高峰,至今无人超越。他的杂文更是将笔记、随笔和檄文不露痕迹地完美地结合起来,至今也无人超越。随着鲁迅的逝去,甚至杂文这一文体的存在也显得有些"世遗"(世界文化遗产)的味道,一个杰出的大师创立的一个艺术种类,是不能让它轻易消失的。

鲁迅的有些小说也是散文化的,《故乡》如果作为一篇散文的典型文体,选入中学教材或许更有利于学生理解散文的文体特征。《一件小事》也是散文的路数。这丝毫不影响鲁迅作为一个优秀的小说家的存在。他的小说被人们充分认识,也为人们广为继承。但散文似乎不大引起人们的关注,至少关注不够。他的一些学术著作,比如《中国小说史略》其实也是用笔记的文体写就,而非我们现在流行的文学史体。

我对鲁迅的喜爱是从散文开始的,在《向鲁迅学习爱》一文中,我说到了《两地书》对我的影响,而第一次读到《野草》的序言,我一下子明白了鲁迅的伟大所在。一直想写一本关于《野草》的论著或长一点的论文，但老觉得笔力不逮，就将这些感受和心得写成了随笔发表。在这位革命家、思想家、文学家的散文里，我发现有一个柔软的鲁迅、忧郁的鲁迅和怀旧的鲁迅，我的写作就不再担心孤寂和寒冷。

周国平、毕淑敏、史铁生惹谁了?

　　和周国平先生见面不多,但对周先生谦谦君子的形象留下了很深的印象,没想到前不久在博客上读到周先生的博文,指责某杂志胡编周先生的故事取悦读者,很意外。继而又读到这家杂志胡编毕淑敏、史铁生的故事(标题分别为《毕淑敏母子环游世界114天》《史铁生与生命奔跑,每次心跳都是一座路标》)以吸引眼球,《毕淑敏母子环游世界114天》一文甚至署名"毕淑敏"。

　　为了发行量,一些报刊拼命拉明星和名人来造势,当然也有一些明星和准明星借机来炒作自己,但这三位作家都是潜心创作的好作家,他们被无端地侵权,被无端地捏造所谓的人生故事,肯定像吃了苍蝇一样的恶心。周先生在博客上呼吁,也没见这家刊物道歉。要知道这三位作家的工作很忙,这样去扰乱他们的创作心态,居心何在?

　　很多作家对媒体侵权一般是不愿意对簿公堂的,那样费时费力,影响创作。我也曾遭到一些报刊和网站擅自选用我的文章,不经我授权,也不给稿费,甚至堂堂CCTV的一个栏目用了我的几篇散文,也不告知,不给稿费，严重侵犯了我的著作权。我知道周国平、毕淑敏、史铁生和我一样怕麻烦，但这家刊物不能把作家的善良当做软弱可欺。媒体要讲究道德，要知法守法。

所幸的是，听说中国作家协会介入此事，向这家刊物发出维权通告，我听了以后拍手叫好，这是把为作家服务真正落到实处，作家有了维权的卫士。这是中国作协近年来做的最有公信力和正义感、离作家最近的事情，为作家解除后顾之忧，这个团体才亲切，才有凝聚力。

希望这家刊物及早向三位作家道歉、赔偿，也希望其他的犯了类似错误的报刊媒体网站主动维护作家的权益、作家的尊严，不要都等作协发维权通告或作家诉诸法律。

李承鹏是一种文体

上网的人无不知道有一个大眼李承鹏。李承鹏写足球评论起家,但近来进军文学界,进军他笔下百孔千疮的文学界。人有时很怪,李承鹏在足球评论界俨然大佬,虽然屡被足协封杀,但继任者韦迪还是要诚恳地邀他赴宴。政府帮足协打黑之后,李承鹏觉得关于足球,难有更大作为,就关心一些比足球更大的领域。这一次《李可乐抗迁记》写的是钉子户,钉子户原是一个不顾大局的贬义词,但近来怎么会变得有一种悲壮的烈士之感。时代在变化,语词也在变化,语词在不断灌输新的内涵,语词也在转换自己的身份,"同志""小姐"这些过去比较纯粹的词今天也变得暧昧多义起来。

其实,李承鹏就是足球界的钉子户,他当年一不小心混入足球界,搭了个记者的棚子,从此就在足球界扎下了根,再大规模的拆迁运动也难不倒他,拒发记者证,拒绝入场,甚至被推上了法庭,被视为无理取闹的主。但李承鹏像李可乐一样,抗迁,拒迁。要不然,李承鹏怎会如此深切地理解拆迁户的命运呢!李承鹏对钉子户有一种本能的敏感。记得《阿凡达》

大火的时候，一般人看到的只是科幻、环保、想象力，而李承鹏看到的却是钉子户，我读到他的这篇博客之后，惊异其立足之高远——站在宇宙之外来俯瞰人类、地球、宇宙，惊叹其思想之贴近——时时不忘人间疾苦小民之抗争。

很多人喜爱李承鹏的文章，李承鹏有很多粉丝，我也是他忠实的粉丝。与其说李承鹏是一个球评家，不如说他是一个思想家，与其说李承鹏是一个思想家，不如说他是一个文体家。作为一个球评人，其文章很快就会消失，读球评乃图一时之快。作为一个思想者，李承鹏虽然尖锐，但他说的那些关于民主、自由、人权的话题，是一些常识，是一些生存的基本理由。李承鹏受关注的原因不是他说出什么深刻的思想，而是他从这些常识出发，去衡量、判断、鞭笞足球界的一些现象——是一个杰出的时评家。当然作为一个文学细胞发达的人，他不是纯然从掌握的事实出发，有时带着想象、推理和悬疑的态度来进行判断和猜测，他惊人的想象力和推理能力，使他常常成为伟大的预言家，这让他在网上成为可爱的"章鱼哥哥"。但也因为文学性太强，他被怀疑和质疑。所以，李大眼在攒足人气之后，索性开始了小说的写作。小说毕竟可以无限想象，无限推理，无限悬疑。解放了的李承鹏，在文学的道路上撒欢。

这是他遇上了一个文学的痛苦的转型期。新文学近百年的辉煌随着网络等新媒体的出现，进入前所未有的冰河期，新文学引以自豪的文学期刊在大面积萎缩，支撑新文学的群众基础在崩塌——读者严重流失。文学如何与新媒体结合，文学如何重新获得读者的信任，文学如何在网络上凤凰涅槃，是很多作家的困惑所在。而李承鹏这么一个在80年代文化和文学语境里长大的70后，又谙熟新媒体的属性和路径，率先突围，即使足迹歪歪斜斜，但依然是先行者和突围者的身影。像一个钉子扎在传统文学的基地上，又像"林中的响箭"昭示着某种方向。

说李承鹏是一种文体，因为他秉承了鲁迅的犀利、恶毒，王蒙的杂色和意识流，大仙的诗意和武侠，当然还有来自他生活过的新疆的野性、龙门阵的浮华，更有李承鹏式的煽动。煽动是一种难以模仿的文风，来自血缘、来自星座、来自力比多，煽动必然招惹是非，而是非永远连带诉讼，煽动必然揭穿谎言，而揭穿谎言又必定在谎言中行走，在谎言中行走又必须时时来洗脱清白。这就是李承鹏式的文体，带着新闻的眼，文学的手，人道的心在与各种错误和不一定错误的势力和姿势作战，他们不一定是风车，有的是汽车、火车甚至坦克，但李承鹏始终一杆长矛，且战且退，且战且进。这样一种融文学、新闻、网络、影视、段子诸多文体的承鹏体，嬉笑怒骂，荤素搭配，雅俗混合，让人爱恨交加。

改革开放三十年的时候，都说思想解放，但没人说文体解放。思想解放首先是从文体解放开始的，五四新文化运动从白话文着手，"我手写我口"。改革开放，也是从文体变化开始的，也是从广东开始的，当时的新闻的文体基本是新华体（新华社的语体），连体育评论也是如此，但《羊城晚报》的范柏祥率先用章回体来言说体育新闻，表面是为了活泼内容，实际是搞文体革命。之后有《足球》报横空出世，开创文体革命的先河。球评不再是球评，大仙、邹静之等人的球评说的不是足球本身。1982年，我在县委大院工作，我个人订阅一份《足球》。全大院就这一份《足球》，常常被传阅破了，才到我手上。

那时候，我就迷上了足球，因为球评而迷上足球。我想成为一名球评家，但不幸的是进入球评界比文学界难多了，虽然1995年我在《粤港周末》开足球专栏，且与当今如日中天的董路专栏左右遥望，我主左侧，他在右侧，但我依然没有入行。待我看到李承鹏的球评之后，我觉得我的努力已经有人完成。于是我放弃了进入足球界的梦想，除了世界杯期间技痒来几篇外，平常只看不说。没想到足球评论加进了文学功能后，如今会成为时评，那样触动社会的神经，会成就一代文体大帅李承鹏。

李承鹏，大眼，看得远，大胆，敢说敢写，还要有颗大心脏。

让学生未老先衰的高考作文题目

《回到原点》,这是广东高考2011年的作文题目,说实在的,有点难。这不应该是中学生的题目,是中年人的视角,甚或是老年人的视角。不知道出题组,怎么出这么颇具人生感慨的题目,中学生的人生还未开始,他们正在原点上。往哪儿回?小学?幼儿园?娘的怀抱?母亲的子宫?再回就只有变成液体了。

当然我替出题者想想,这可能是一个哲理性的题目。一个企业家从无到有,再经过波折,从兴到衰,从亿万富翁又成为平民百姓,平民是原点。一个政治家从一介布衣到位居显赫再沦落为普通百姓,布衣是原点。一个明星,比如王宝强,从草根变成了大腕,但有朝一日被娱乐圈抛弃了,还能回到原点吗?

回到原点,还有另一层意思,就是无用功是意思,转圈,白费劲。跑了一圈,没有前进一步,原地踏足,也叫鬼打墙。人生中,常有类似的经历,忙活了半天,进取了半天,也没进半步,也没取分文,只能美其名曰"回到原点"。

1957年，被打成右派的人被遣送回乡，右派自我安慰说，回到原点。

生命消失，化为灰烬，回到原点。前不久，本·拉登被击毙，然后被海藏，也是回到原点，据说人类就起源于大海。

陈光标裸捐了，也是回归原点？

原点如果作为一个行程概念，是出发的地方，但怎么确定出发的地方？是出生地？还是小学？是第一份工作还是第一个工种？是故乡还是他乡？如果作为一个哲学的概念，这"原点"就更加不适合作作文的题目，中学生从学校到学校，往哪儿回呀？明明是让学生"为赋新词强说愁"吗？中学语文教育，连高考题都这么不懂常识，中国的教育真让人担心。

高考作文题目的视角应该是中学生自己的，靠近学生的生活现实，不能让中学生去仿那些久经沧桑的老人说些未老先衰的话吧？

何况广东是中国改革开放的前沿，往哪回啊！

不拿枪的敌人

因为工作的关系，最近读了天津作家李唯的中篇小说《暗杀刘青山张子善》，产生一些感慨。刚看到题目挺奇怪的，刘青山、张子善不是被我们政府作为腐败分子枪毙了的吗？怎么会被暗杀呢？历史就是这么奇怪，作家李唯在尘封的档案里发现他俩当年居然是国民党特务暗杀的对象，因为他们位居天津地委书记和专员，是中共的高官，便有了一连串"暗杀"的故事。当然，最后国民党特务的暗杀阴谋失败了，失去民心的国民党很难在大陆建立他们的群众基础。记得毛泽东有句非常经典的话，"在拿枪的敌人被消灭以后，不拿枪的敌人依然存在"。"拿枪的敌人"指国民党的有形的军队，而"不拿枪的敌人"当时是指国民党的特务以及隐藏的反对共和国新生政权的敌对势力，因而毛泽东高举阶级斗争的大旗，时时要和不拿枪的阶级敌人作斗争。毛泽东可谓高瞻远瞩，他说这话时，还没建国。

60多年过去了，共和国的政权稳定了，当年那些"不拿枪的敌人"似乎已经烟消云散了，但是威胁共产党作为执政党的敌人依然存在。这个不拿枪的敌人就是腐败，小说《暗杀刘青山张子善》以冷幽默的诙谐叙述方式，清晰地展现了这个不拿枪的敌人比那个拿枪的国民党的特务要可怕得多，也要顽强得多。国民党特务费尽心机地要暗杀的天津地委的一号人物、二号人物，在灯红酒绿面前，在金钱女色面前，很快缴枪了，不是死于国民党的枪下，而是无形的敌人——腐败。乃至刘张二人觉得自己死得冤，死得不可思议，就是死于这种无形的腐蚀和难以抵御的享受本能。所以，现在有了那句著名的"把权力关进笼子"，如果不能正确地使用权力，自己就会被关进笼子。

　　小说当然是一种虚构，但是在虚构的同时，又是脱离不了现实生活的，当年刘青山张子善没有倒在敌人枪下，而是死于自己组织的执法。从某种程度说，他们变成了共产党的敌人，因为他们的存在，共产党才意识到，不拿枪敌人的危险一点也不小于拿枪敌人的危险。刘青山张子善腐败的基础在今天没有垮了，反而随着经济水平的提高，这些个不拿枪的敌人升级换代，变得更强大、更狡猾了，反腐防腐，任重道远。

　　大到一个政党，小到一个人或一个公司，在奋斗的路途中，必须经历这样几个阶段。首先必须有朋友才能从小到大，从弱到强，所谓一个好汉三个帮，说的是草创阶段，你不可能拥有很多的资源和人脉，要借用人家的资源和力量来发展自己、壮大自己，才能获得成功。等你成功以后，你的敌人自然会出现，因为你的出现，可能占了人家的资源，分了人家的蛋糕，或者挤缩别人原本宽敞或者独自拥有的空间，让人家感到了某种威胁或者不舒适、不自在。总之，你成了别人地盘的入侵者，你成了敌人。甚至你当年的朋友也成为你的敌人，因为你的成功、成长慢慢超过了他们，你的优秀让他们面子上挂不住、不自在，也同样影响他们的生存。

　　另一方面，在你的身后还有一些奋斗者，他们的明天就是要坐上你现在的位置，他们视你为偶像的同时，也将你视为假想敌。这样你就面临挑战，超越、击溃、打败或避掉这些敌人，你就会拥有更大的空间，意味着总值的提升和地盘的扩大。当然,你也可能被敌人击溃、收编、吞没,你也因此丧失了自己。

一个奋斗者,一个不甘落后的人,一个愿意向前走的人,总会遇到障碍,都会遭遇到敌人。出现敌人是必然的,敌人也是必需的,乡村社会比之城市文明为什么相对稳定和谐,就在于乡村的上升空间小,面临的敌人要少。走出乡村,其实是为了寻找自己的敌人,有了要超越的对象,他就会刺激你的力比多,唤起你的潜能,释放出所有的战斗力。所谓鲶鱼效应就是敌人效应。那些移民城市的生命力,就在于不断涌进异乡的鲶鱼,那些饥饿的鲶鱼。

强大的敌人毁灭对手的同时也会造就强大的成功者,你的敌人越来越强大说明你的力量越来越大,你的理想也越来越近。

当然最大的敌人,是你自己,这个不拿枪的敌人如影相随,隐藏在你体内,时时诱发你的惰性、你的贪婪、你的颓废、你的腐败、你的恶劣、你的疯狂、你的反人性甚至反人类,把你带向病态、死亡和肮脏。所谓"生于忧患,死于安乐",其实是说,在没有敌人、没有对手、没有牵制、没有制约的情况下,容易自我陶醉、自我丧失导致自我戕杀。

忧患是拿枪的敌人,安乐和腐败是不拿枪的敌人。

第四辑

阅城读乡

在北京，无人知道你是一条鱼

《杂碎》有一个副标题：关于京城的只言片语，京城当然就是北京了，也就是说新北京的一种描述了。徐城北先生的两本《老北京》已经把老北京说得很老北京了，《杂碎》说的新北京城，《杂碎》表面说了很多时尚的内容，其实说的就是一个问题：建筑。说新北京，没办法不说建筑，建筑是这些年北京的最关键的词，各式各样的建筑成为北京的时尚，各种各样的建筑成为北京的生活。没有这些建筑，很难想象北京的存在。建筑像一片片网络，构成了我们的生活，而网络也越来越像各式各样的建筑，形式不一，奇异多元。这就是《杂碎》为我们编织的时代河流，近的，小的，杂的，碎的，当然也可能是美的。近的，缺少深邃的历史感；小的，缺少宏大叙事的可能；杂的，缺少统一的精神图谱；碎的，没有完整的思想体系。

在这样的情形下，我们来到了网络时代，或者说网络来到了我们的时代。网络的一个特征就是你说我说大家说，杂杂拉拉，碎碎叨叨，一个真正的多元共存的空间。虽然网络也同样不能幸免报刊审查制度，但网络对发表权、言说权的极大解放超过任何时期，对满足广大人民的发表欲也是功德无量的历史性里程碑。当然极度自由的言说不仅让言说失去了分量，也让自由失去了分量。后工业时代和电脑时代搅拌在一起，就是让很多具有分量的事物降低分量或者变得没有分量，让一些没有分量的东西变得有分量。后现代社会如一条发了水的河流，让很多的事物都漂浮起来，都失去了原来的分量。

比如宫殿的建造在过去是何等重大的历史事件，北京的一大特色就是拥有一座又一座的宫殿，而在今天一个一流或非一流的房产开发商在短时间内就可以营造一座宫殿式的建筑，并且用自己公司的名字甚至个人的名字命名，类似潘石屹建立的SOHO现代城比比皆是，宫殿这么庞大的叙事一下子失去了分量。一个电视观众因为收看了电视回答了几个近似弱智的问题，就因此被邀请到电视台奉若贵宾，享受近乎国宾的礼仪，而他可能获得的只是厂家滞销的一两件电子产品。在平等自由的意义上来说，国家，皇上的宫殿和开发商的楼盘，普通市民的房屋都是具有同等居住价值，而在以前，普通百姓是不能居住在那么豪华那么高大的宫殿似的建筑里的，而现在建筑冲破了等级森严的宫殿制度，旧时王谢堂前燕，飞入寻常百姓家。

网络上自由言说的出现就像城市里四处挺拔而起的宫殿似的建筑，而我们这些以前文字和语言的宫殿建造者们看着那些不顺眼的"楼盘"，心里难免有些酸意，他们肆意的不规范的言说让我们的言说分量变得轻起来，他们的无拘无束让我们的文字越发显得过于格式化和宫廷腔。我们曾经以为自己作为社会的良知、作为历史的见证而存在，甚至把自己作为政府的监督者和批判者而存在。在网络的自由言说群面前，文学就显得有些多余和矫情。尽管无数的人想通过网络进入文学也有无数的人由网络进入了文学，但文学已经是旧的宫墙，并不是真正的通道。

《杂碎》这样的文本就形成了另一种通道，它是让我感兴趣的原因。我看到一个商业性的文本怎么灌装文化的内容，而一个关于新京城文化如何与商业行为嫁接的。我们说《杂碎》这本书做得很专业，因为它在谈论建筑的同时，其实是在谈论一种生活方式，这种方式"Small Office Home Office"，由此延续开来就是独身文化的宣扬。因此书中关于婚姻是开发公司的论述，关于"女人，还需不需要男人"伪问题的探讨，其实就是张扬、渲染的就是独身文化的合理性。很少有人想到，建筑在影响我们的婚姻质量，也在改变婚姻的方式。房产开发居然在消解我们延续几千年的家庭结构。婚姻的方式往往与房子的数量有奇妙的联系，古代的妻妾制与深院大宅有关，现代都市流行的"单贵"飘香，与这些家的"Office"捆绑在一起。

在北京，这些家的"Office"里成就了新人类和新新人类，他们漂浮在那些都市的泡沫之上，闪烁着，游弋着，呼吸着，张望着，没有人知道你是一条无家可归的流浪的鱼。

南京四篇

烟水迷离话南京

我对南京最初的印象是"读"出来的,是从那些绚丽的古典诗词里读出来的。"山围故国周遭在,潮打空城寂寞回。淮水东边旧时月,夜深还过女墙来","朱雀桥边野草花,乌衣巷口夕阳斜。旧时王谢堂前燕,飞入寻常百姓家"。光是刘禹锡的这两首以金陵为题的诗,就足以让人对南京痴迷,"旧时月"、"旧时燕"、"无情最是台城柳,依旧烟笼十里堤"(韦庄诗句),这三个"旧"字,"旧"出了金陵古城的魅力。

光一个"旧"字似乎又不能完全概括南京的人文特点,怀旧感伤固然是那些古典诗词的基调,可南京的美不仅仅是因为它是一个六朝故都,作为故都的西安、洛阳、北京等地,都有"旧时月",都有"旧时燕",可为什么南京的"旧时月"、"旧时燕"那么凄迷动人呢?后来我读李后主的词,读清人纳兰性德对李后主的评述,我对南京的印象和理解似乎又深了一层,清代的这位著名词人说李煜的词"绕烟水迷离之致",太妙了,烟水迷离,又岂止是李煜的词，南京的美，就在于烟水迷离，迷离烟水。

烟水迷离的南京，处处荡漾着水的清灵，水的秀丽，水的浑厚，不用说浩瀚的长江绕城而过，也不用说燕子矶的峭拔、八卦洲的奇诡、桃叶渡的艳丽，玄武湖、莫愁湖、白鹭洲、紫霞湖这些碧波微兴、绿意盎然而风采各呈的公园就给人以不同的审美享受。玄武湖的寥廓，莫愁湖的典雅，白鹭洲的洒脱，紫霞湖的野趣，像一页页不同的画卷铺现在人们的面前，美不胜收。当然对这些湖的欣赏除了需要好的文化素养，还需要好的角度、好的心境、好的时光。记得好长时间内，我对玄武湖并无特别的感受，只觉得它与许多省会城市都有的那么一个湖相差无几。人流匆匆，熙熙攘攘，儿童乐园，游客云散。可在一个暮春的傍晚，我改变了对玄武湖的看法。那天黄昏，我独自漫步，看浑圆的落日在薄暮霭霭中沉入湖面，看湖边的"旧时月"越过女墙冷然地照耀着路边的树影和我胆怯的身影，看远方的紫金山麓迷蒙的山岚烟雾，再看看笼罩在烟气水气之中的梁洲，再想想那流芳百世的《昭明文选》便诞生于此，我有些恍惚，我不知身处何处，是历史的迷宫还是现实的景色，是优美的文学意境，还是人生的旅途。你好，烟水迷离的玄武湖！你好，烟水迷离的南京！我在心里大声高喊，周围没有回音，低迷的烟水之气徘徊不前，痴迷的我也渐渐融入这烟水的幻境……

这便是南京的湖，南京的水。南京迷离的烟水不仅是水之烟，还有时间之烟，历史之烟。俗话说，往事如云烟，人们常爱说历史如过眼烟云。南京迷离的烟水里显然渗入了历史的烟雾和历史的沉重。金陵风云多变幻，钟山风雨起苍黄。从三国的孙权到民国的蒋介石，先后有十个朝代都在此建都。虽然十个朝代加起来不足四百年，时间跨度却经历了十几个世纪，每个朝代都在这金粉之都留下了血火、泪痕、足迹，胭脂井、北极阁、胜棋楼、天堡城、熙园、瞻园、雨花台、中山陵、梅园新村，这些地名和名胜仿佛是历代史家散落的册页，像《桃花扇》里唱的那般："眼看他起朱楼，眼看他宴宾客，眼看他楼塌了"，多少兴亡事，全化作云烟一般消逝在时间的长河中。就是这些云烟般的历史增添了南京风景的苍凉和文化气韵，烟水迷离不再是纯粹的自然景貌，而是历史和风物复合的人文景观。

最能体现这烟水迷离之美恐怕要算秦淮河了，朱自清、俞平伯的两篇《桨声灯影里的秦淮河》，写出了秦淮河的烟气，写出了秦淮河的水气。秦淮河作为历代佳丽荟萃之地，可谓水气迷人(贾宝玉说女人是水做的)，由于她们(比如李香君)不时卷入政治的血与火的斗争，青楼便不再只是卖笑的场所，风尘女不再只是玩物，秦淮河有了历史的兴亡和文化的沧桑。故而秦淮几乎成了南京的代名词，凡是到南京来游玩的人无不来到秦淮河边。匆匆的浏览也许并不能真正领略到烟水迷离的景致，但在人们的心目中，早就有一个烟水迷离的所在，它们是永不消逝的乌衣巷、朱雀桥、台城柳、秦淮月。

没有这些，南京将会是怎样的苍白。

南京答问

南京答问，不是在南京回答问题。而是回答都市放牛关于南京的几个问题。一共五个问题，但核心问题是南京的文化形象和文化内核问题。

早在多年前，我在南京生活的时候，就不止一次参与或耳闻关于南京文化定位的讨论和争论。为什么这么热衷于对自己城市文化形象的研讨呢？为什么这么在乎所在城市的文化符号呢？是对自己这个城市太热爱还是不太自信？

究其竟，讨论本身，还是希望自己的城市的知名度更高些。提问中说到北京的膀爷、上海的女性、成都的袍哥等等，都是这些城市的标志性符号。但南京亦有大萝卜的雅称，按易中天先生的说法该是雅称。但，我要说的是，即使大萝卜的这么一个不太高雅的说法，也只是与南京相邻的地域才知道，在全国，其实很多人是不知道的，更多的时候还是南京人自嘲自乐的一个说法。

认为南京的萝卜大，大约也是苏南、苏北、浙江、上海地区的人们。我对安徽的物产不太熟悉，东北、西北的萝卜我没考察过。但光我见过的：山东的萝卜绝不比南京小，河北、天津、北京产的萝卜绝对比南京大，如果让南京担大萝卜的名，不仅南京人民不答应，因为大萝卜不是什么褒义词，而且全国人民也不答应，毕竟南京的萝卜不是最大的。如果认为南京的萝卜大，大约还是六朝时期的概念，那时的南京萝卜跟周围的辖区比，可能是最大的。

南京的文化符号其实可以是多元的，人们对南京的印象角度不一样，符号也不同的，游客首先想到的是秦淮河，食客想到是盐水鸭，政客关心的是十朝旧都，台湾人想到的是中山陵，爱国者惦记的是1937年12月的大屠杀……至于用某个阶层的人来作为符号指代南京人则比较困难。

这是因为南京的文化形态是混合形成的。南京的文化是综合性的指向，不是单向性的指向。就历史文化形成而言，南京文化其实是移民文化。南京方言本属吴语区，但现在形成的这种非吴语区的语言格局，与移民有很大关系。南京是六朝古都或十朝古都，但前来南京建都的除了民国政府外，基本都是北方人前来建都的，或者说是南京以北的人前来建都的，北方文明自然和南方的文化进行化学反应，反应的结果要么是激烈碰撞被毁灭，要么是两种文化都被中和了。南京文化没有被毁灭，而是被中和了。所以今天的南方人认为南京是北方文化，北方人认为南京是南方文化。从文化传播学的角度来讲，文化的交融这是很自然的。

加之首都文化往往由于来自强大的移民文化背景，移民文化的特性是综合性的、减震性的，每个文化系统进入新的一个文化系统运转都要去掉一个最高分和最低分，才能减少沟通的障碍，长期以往，文化的运转变得中庸平和也是很正常的。

如果说南京文化区别其他地方的特色，以我有限的经历，还是它的名士气。唐诗宋词，删除与南京相关的部分，将不堪卒读。国画书法，除去江浙，气象必然淡薄。江南名士气，历经沧桑没有被削弱，至今仍在流淌。江南名士，不像北方壮汉那么大男人，也不像川渝袍哥那么敢作敢为，但江南名士气是渗透到民间的，尤其在南京，冷眼看惯了王朝兴衰、荣辱成败，这名士气就有另一番风度。鲁迅说的魏晋风度，或许与南京有染，更多的时候还是淡漠政治、轻视实用的文化精神。比如收藏在南京，就不只是一项经济活动，更是一项审美的运动。比如，读报，南京关心的不只是时政，还幻想自己成为主笔。

南京是一种风度。

南京是一种尺度。

南京当然也是一种局限。

路过鼓楼

南京和北京都有鼓楼，可南京鼓楼地理位置要比北京的重要得多。南京的鼓楼和新街口相当于北京的西单和东单，都是商业繁华的地区。

我每天上班都经过鼓楼广场。我对时间的掌握多半是从鼓楼广场的广告显示屏获得的。因为我平常没有随身带表的习惯，路过鼓楼广场时总要习惯地从那个显示屏上去"窃取"时间，上班如此，下班如此。可电子钟也有停走的时候，每逢此时，我心中恍然若失，心中便不踏实。时间是一个很虚无的东西，抓不住摸不着，从不以人的意志而转移。人一方面拥有时间，另一方面又把握不住时间。看到时间的流动，心里很感伤，看不到具体时间的指数，又觉得踩在虚空中似的让人放不下心。

这还是最不要紧的。时钟的停滞，并不意味着时间的停滞。糟糕的是时钟发生重大的误差，便会闹出很多哭笑不得的事情来让你尴尬。有一次一位多年没见面外地来的朋友离宁前约我一起吃饭，我下班路过鼓楼时发现时间尚早，便买了几张报纸到鼓楼边上的南京电信局找个位置坐下来以打发时光。电信局是鼓楼的标志之一，记得作家王心丽女士在一部小说里写一对少男少女在寒冬的鼓楼广场冻得受不了，便到电信局营业大厅避寒，深夜的营业大厅空空荡荡，那对少男少女的爱情故事显得异常的珍贵。翻完报纸我便好奇地在大厅寻找哪对男女该是小说的主人公。主人公当然找不到，却找到了我要见面的朋友。何故？他等了一个小时，仍不见我的踪影，便来营业大厅找公用电话打，没想撞上我，真是又喜又恼。原来是鼓楼显示屏的电子钟慢走了一个多小时，一醉方休已不可能，这位朋友算好时间要登上返程的火车。我们在火车站吞了一碗面条，便匆匆分手。现在想来，我对那位老朋友还充满歉意。可见我们生活中参照系统一旦发生了误差，后果将是不堪设想的。我说的只是一件小事，可是我还是希望鼓楼广场的电子钟给人以准确的时间，希望所有的广场，所有的街道，所有的公共场所的钟，都不要发生不应有的时差。

鸡鸣寺侧

常读我文章的朋友知道，我的文章篇末喜欢写"X年X月X日于鸡鸣寺侧。"去年我搬到长江路住，周围都叫相府营、香铺营比较顺眼的名字，我们这条巷子偏偏叫肚带营，每次朋友问起家庭住址都忍不住噗地笑出声来。这给我作文落款带来不便，这"肚带营"不用说戴着有色眼镜的人会看出色情来，即使六根清净之徒也会觉得有故作调侃诙谐之嫌。我一时竟不知如何结笔才行。忽然一日文毕，"鸡鸣寺侧"四字赫然跃到笔下。其实我现在居住的地点离鸡鸣寺尚有两站路，不能说是附近或边上，而且即令在附近是哪一侧，东侧？西侧？南侧（北侧是玄武湖）也是含糊的，这含糊也让我坦然，因我以鸡鸣寺为中心，我们居住何处都是"侧"而已。最不可思议的是，我在文末多次写了"鸡鸣寺侧"，也路过无数次"鸡鸣寺"，居然没有去登临游玩过。这似乎成了玄机。

玄机并不玄，等我拾阶登上鸡鸣寺，发现在喧闹的都市里居然有这么一个幽静美妙的所在，真是一个巨大的奇迹。鸡鸣寺的香火并不特别旺盛，不像泰山等地云集了信男信女，那是另一种喧嚣。到鸡鸣寺烧香拜佛的人，大多是游览者，兴之所至，正是随缘。专程来求拜或还愿，虽然虔诚，虽然热烈，虽然场面壮观，那是追求功利，并不是真正的平常心。禅在平常心，佛亦在平常心。鸡鸣寺便是充满了平常心的空间。拜佛之后，还可进入茶室慢慢品茗。鸡鸣寺的茶室不是世界上最好的茶室，也是一流的茶室。如今卡拉OK、咖啡馆、酒吧挤兑了所有的茶馆、茶室，可鸡鸣寺的茶室还保持了那么一股质朴、淳厚的古风，茶叶虽不是碧螺春、龙井这些被炒得炙手可热的名牌(当然包括伪名牌)，只是普通一级炒青，但它清醇、纯净、耐泡，显然是精心挑选的，而且茶叶保管得相当好，时值盛夏，依旧充盈着绿意和清香，可见寺中之人颇擅茶道。茶室的茶一定要好，这种好并不一定要价格高，关键在于合适。价高令人却步，质次令人味寡，鸡鸣寺茶室里的茶则正好到位。

我这么称赞鸡鸣寺的茶可能与我的心情有关，因为每次登上鸡鸣寺喝茶，总有一种豁然开朗的感觉，宽阔的玄武湖静静流过眼底，巍然的紫金山在树叶间时隐时现，九华山的浮屠金碧辉煌，古老的城墙斑驳着历史的碎片，最是那些生机勃勃的树干，枝叶一直探到茶室的窗前，正好依人。喝茶者虽不能飘飘欲仙，亦大大疏离尘世，远离凡俗。近来我常下午到茶室去闲坐，带一两卷经书或典籍，在喧嚣之中寻找平和宁静，祈望灵魂的净化。

鸡鸣寺的历史极为悠久，"南朝四百八十寺，多少楼台烟雨中"，杜牧的感慨亦是历史的感慨。鸡鸣寺茶室里有一楹联，我记得上联，"六朝浮华成烟云"，亦是此意。或许这里埋没、销蚀了诸多的帝王英雄气息，也印下很多历史断痕，我不想去怀古，我要说的是：吾爱。

芝加哥建筑与个园假山

  在前往芝加哥论坛的途中，收到扬州电台石翔的电话。和石翔打交道缘于几次采访，她是全国金话筒奖的得主，很善于把握人的心理。她在电话里希望我为家乡扬州的"双东"文化写点东西。扬州是太熟悉了，我便一口答应了。

  可等我准备下笔时，却犯愁了，写什么呢？因为熟悉，觉得处处可以写，也因为熟悉，又觉得处处不好下笔。几年前，曾读过赵昌智先生主编的《扬州文化丛书》，还写过书评，关于扬州文化，那套书说得清楚准确，我能说出什么新的见解呢？

  带着心事上路，满眼的异国风光，满脑子的扬州文化，交叉在一起，错位，不相容。时差的困扰，加之我英语听力较差，仿佛人在一个巨大的电影院里，一切都有一种不真实感。会议结束后，主办方带我们参观芝加哥的风景，尤其是富有现代建筑博物馆之称的芝加哥建筑群。

  早就听说芝加哥有建筑王国的美称，但那是百年前的事情了。因此并没有抱太高的期望值，等我来到密西根湖畔的闻名世界的建筑群面前还是有些震惊。

俗话说，不破不立，芝加哥建筑的辉煌，还要追溯到美国史上有名的芝加哥大火。这场大火发生在 1871 年 10 月 8 日。由于当时天气干燥，又是顺风季节，再加上当时消防设备的严重缺乏，以及当时芝加哥主要建筑为木屋，大火熊熊燃烧了整个城市长达一天，直到被大雨浇灭。这场灾难烧毁了芝加哥的全部建筑，只剩下石头建筑物水塔 (Water Tower)。大火之后，芝加哥政府邀请全世界的设计师，来设计芝加哥的新建筑。当时一流的建筑师从世界各地纷纷涌入，并形成一个独特的强调"形式服从功能"的建筑新流派——芝加哥学派，在世界上产生了广泛的影响。游览芝加哥，就好像参观建筑艺术博览会，又好像阅读一部生动的现代建筑史。

芝加哥的建筑由于荟萃了当时世界上各地的人才，几乎每幢建筑都精彩，都代表着一种设计理念和思想。每幢建筑，都可作为建筑学的教科书，但这些建筑如何放在一起又是那么的和谐，比如著名的西尔斯大厦（Seare Tower）、世界最高公寓湖尖塔（Lake Point Tower）、城中城玉米大厦、汉卡克大厦（Hancock Center）等等所用的材料和形状大相径庭，可放在一起并不冲突。我在中国的一些城市看到单个的建筑非常漂亮，可建筑与建筑之间却相互抵消，形不成一个审美的合力。而芝加哥的建筑为什么如此有机地组合在一起，如此和谐？

我想起了扬州东关街的个园。

不是思乡心切，而是惊人的美学相似。个园被誉为中国四大名园之一，与北京颐和园、承德避暑山庄、苏州拙政园齐名。清嘉庆年间两淮盐总黄至筠在明代寿芝园旧址重建而成。袁枚有"月映竹成千个字"的诗句，园主"性爱竹"，故名"个园"。个园之名其实还有另一层意思，即九州方园，天下独一个。个园以竹石取胜，进入个园，首先映入眼帘的是月亮门两侧花坛里的几十棵修长的劲竹，竹竿青翠欲滴，枝叶扶苏婆娑，然后便是鬼斧神工的四季假山。扬州园林素以叠石为胜，个园就是一个以假山堆叠精巧而著名的园林。造园工匠们选用褐黄石、太湖石、雪石和状如竹笋的石笋，叠成四组假山，表现春夏秋冬四季景色，称为四季假山。每一景用不同石材堆砌而成，或玲珑剔透，或磐石叠翠，或花石相依，或白石似雪，自成一景。

可以说个园几乎将中国园林的假山造型和石材类型拢聚到一园之中，中国古人选石有"丑、透、瘦、漏、皱"之说，丑，指石形怪异；透，指山石之间要通透；瘦，指山石尖耸、瘦削；漏，指湖石多孔，利于采光；皱，指山石起伏，形似波浪。个园的春山多采用太湖石，间以石笋，春笋寓春，夏山以漏透的湖石建成，秋山则黄石为主色调，冬山用清一色的宣石堆砌，仿佛隆冬季节，大雪纷飞。这些山石堆出峰峦起伏，或高峻挺拔，或雄伟奇秀，登山的路径诡秘神奇，曲径盘旋。庭中一汪水池，似浓缩的密西根湖，清水荡漾。

扬州的个园将山水化为园林，将山林融入家园，缩小的山峰岩石，象征天地山水大境界。芝加哥建造的一座座大楼犹如假山般精美，将假山的美学放大为一个现代意义上的大都市建筑，或许当初芝加哥建筑设计时，并没有想到过中国的园林美学，更没有想到扬州的个园假山。个园的每块石头不寻常，芝加哥的每栋大楼也都是精品，个园假山是用一块块石头建造了美妙绝伦的园林天地，芝加哥建筑则是一栋栋大楼营造了巨大的园林，成为独具匠心的世界建筑奇观。芝加哥建筑群由于无意识地契合了中国的造园美学，所以多而不乱，呈现出和谐之美。个园的山石假山，经放大后其气势其震撼亦不逊于芝加哥建筑群。后人把个园的设计者想象为山水大师石涛，而在芝加哥，我似乎也看到了石涛的影子。

从美国回来北京，又看到本届奥运会开幕式上，那别具一格的画轴表演中心区，其实也是中国山水画传统的放大，古老的在现代技术的衬托下，也释放着迷人的新世纪之光。

杭州复调

杭州初游

有些地方一辈子可能就去过一次，就再也没有机会去了，也不想去了。有些地方你去过无数次，可能还要去，心里还想去。杭州就是这样一个你去了多次还想再去的地方。我到杭州多次，印象最深的还是第一次，1980年的暑假。

因为是第一次去杭州，我还写了诗，并且至今记得清清清楚。人们对初恋格外珍惜是有道理的，因为是一个张开的全部感情对一个新的生命的接触、感受和环抱。一个人去一个新的地方虽然不是初恋，但他的感受却是张开的，是用接纳的姿态去面对的。第二次、第三次再去的时候，往往会变得迟钝甚至麻木了。

杭州不是我的初恋之城，但是我的首游。上世纪80年代初期，旅游对国人来说是奢侈的，也是高端享受。我之所以能去杭州旅游，实在是运气好。1980年，我在一所乡村中学实习，这一年，这所中学的高考成绩奇好，受到县教育局的表扬。学校为了表扬高二班的老师，就兑现了事先承诺的苏杭游。我是半途被拉到毕业班教语文的，当时我20岁，个别学生比我还大，初出茅庐就教两个毕业班的语文，可见乡村中学之缺少人才，也可见学校领导之大胆。还好，那届学生高考语文考得不错，很多人爱上文学，至今还有交往。我也就有机会参加学校百年一遇的旅游了。

去何处游？当然是苏杭了，"上有天堂下有苏杭"，说了几百年了，她是我们的一个梦想。当时有一本刊物叫《文化与生活》，正好介绍苏州、杭州的旅游景点，我们就照刊物的介绍，按图索骥，一个景点一个景点地游玩，唯恐漏掉一处。

去杭州的行程被安排一个晚上，我们从苏州古运河出发，坐船向杭州夜游。那时的运河，河水没有污染，时有渔船和帆船行过，两岸的农舍，在月色下也泛着农业文明特有的自然和亲切。我们坐的其实不是游船，而是客轮，但客轮的喇叭不时地介绍两岸的景点。全船好像都是卧铺，一觉醒来，已是杭州。不知苏杭运河客运是否还有？那也算"世遗"级的。

杭州是我们此行的盛宴，是乐曲的高潮段落。和苏州的园林比起来，杭州的西湖是开阔得多，也自然得多。初次出门，几乎每个景点都兴奋得大呼小叫，用笔记录景点楹联，用别人的相机为我四处留影，以致同行的都觉得我有点贪了，每个景点都要拍。从花港观鱼开始，一直到三潭印月。当时的感受是我第一次到这么仙境的地方，而且以后恐怕也没机会再来了。我学的是师范专业，基本定位就是乡村教师，能碰上这样的苏杭游，已是千载难逢。所以，我把自己的杭州首游，也当成了最后一游。用自己的眼睛、脑子和笔努力刻录下这些世间仙景，我要把她吸进我的神经脉络里，永远铭记。

入夜，天气炎热，我们入住的西湖饭店没有电风扇，睡得床上全是汗，当然因为我们选的房间要面朝西湖，西晒的余热难以离去是一个原因。后来我就索性卷起席子，走出饭店，直接跑到西湖边打起了地铺。这时发现，西湖边上，已经躺下一大片。尽管时不时有一阵湖风飘来，但还是睡不着，干脆坐起来，饱览夜色下的西湖，看湖光山色，看荷叶上的闪闪烁烁，星星点点，陶醉。

回来以后，我写了一首诗，投了很多刊物，没刊登。33年之后，我仍记得这首诗：

西　湖
如果祖国是美丽的西湖
杭州则是一页绿色的荷叶
西湖则是荷叶上晶莹的水珠

杭州有个书吧

关于杭州自然有一些有趣的记忆，第一次到杭州是1980年的暑假去旅游，住在西湖边上的一个饭店，记得天气特别热，没有电风扇，更没有空调，热得睡不着，我看有人拿着席子睡到西湖边，我也仿效，西湖边凉快些，但有蚊子，望着远方的山色、近处的湖光，想想那些美好的西湖八景，心里倒也另有一番滋味。

之后又去过几次杭州，感觉这地方有些艳丽得过分，有些妖娆得不像现实中的城市，像画里画的和诗歌写的，总有些虚幻的美妙。

好像是2001年的9月18日，浙江文学院要我给青年讲习班讲课。巧的是我住在那家饭店的918房间，更巧的是我的老友盛子潮这一天过生日，三个918凑到一起，难得。

晚上，子潮说，到书吧去坐坐吧！

北京有很多酒吧，但，安静的不多，除了三里屯北街有家金谷仓外，其余的印象不深。金谷仓很有文化气息，但更像一个画家开的。北京的艺术家开酒吧的很多，但作家好像没有，或者很少，王朔曾经开过一阵酒吧，但是以画廊名义开的。设计师艾未未，水泥决定一切。

王朔的酒吧是个挺不错的去处，老朋友相会，在那里还可能见到其他的老朋友。但后来，不知朔大爷忙其他更重要的事，不开了，好多朋友都挺怀念的。

子潮说的这书吧，我一看就是江南文人们适合的地方，环境雅得自然，像茶楼，也像朋友家的客厅，后来听说是盛子潮太太开的，没准子潮把这书吧当成他家的大客厅呢！

子潮的书吧，人气很旺，我去过几次，总能感觉到高朋满座似的，而且套句俗话，往来无白丁似的。看来杭州这地方，人的消费欲望也不只是物质的庸俗的，还有精神的和高尚的。

我喜欢到这书的酒吧来，一来可以看到很多朋友的书（这书吧有很多熟悉的作家的书），二来还可以遇到很多不期而遇的老朋友。到一个地方，肯定希望见一见认识到朋友，但不大可能一一拜访。而书吧，起到了这个意想不到的功效。比如，我在书吧里，就见到了很多久不相见的朋友。像李森祥、程蔚东、任峻、徐剑艺、阮向阳等，都是在书吧里见到的，叙叙旧，喝点酒，发现人生也就如此畅快。

从那以后，每次去杭州，每次去书吧，每次能见到老友，还能结识一些新朋，说文学和不说文学一样精彩，谈艺术和不谈艺术同样过瘾。

有时候，我在想，北京的那么多酒吧，好像缺少这样的一个吧，供朋友不期而遇的一个大客厅。

如何进入重庆

猛一看,这好像是一道军事思考题,其实读过我的《如何进入南京》的朋友就知道,这是对一个城市的多角度观察、多角度描写的方式。

重庆是一座不容易描写的城市,因为有时候你觉得它就不是一座规范的城市,有哪个城市有那么多的山水,有哪个城市有那么大的面积,又有哪个城市有那么多神奇的传说和无尽的想象。但重庆又确实是一座城市,一座了不起的城市,一座正在改变我们传统城市观念的新城市。

进入重庆的方式可以选择水、陆、空几个途径。陆路原本比较艰难,"蜀道难,难于上青天",说的是四川,其实也是说的重庆。重庆被崇山峻岭所包绕着,是全国城市中最著名的山城。抗战时期,国民政府把抗日大后方放在重庆,依仗的便是这儿陡立的山岩、峭拔的峰峦,不可一世的日本侵略军对这天然的屏障也束手无策,只能从空中来骚扰、来轰炸。重庆在中国人民的抗战斗争和世界反法西斯的斗争中名扬四海。

如今从陆上进入重庆早就不用翻山越岭了,成渝铁路的开通和放射性公路网的建设让天险变成了通途。我第一次到重庆是坐火车抵达的,一路上秀丽的山色水景如画，在穿越了无数的隧道之后，终于在菜园坝重庆站停了下来，应该说重庆这座让我向往已久的城市并没有给我太多的惊喜和意外，可能是所有的火车站都是相似的缘故，重庆给我的印象除了车站外那些手执扁担的棒棒军有别于其他城市以外，你不会意识到你来到一个让你情绕梦萦的梦幻之都。

　　坐汽车进入重庆要比火车的感觉好，重庆的公路与江、山、桥密切相连，构成了独特的风景。重庆境内的长江、嘉陵江、乌江都是天险，重庆的山又是屏障峭拔，山峻水险，但行路却不必慨叹"行路难"，因为那些彩虹一样的大桥横跨天险，连接起古人唏嘘风景绝唱而慨叹路途绝艰的巴山渝水。有风光之峻丽，而无路途之风险，幸耶。那一次我从成渝高速进入市区，在青山、江水和桥影的转换中，充分体会"条条大路通重庆"的妙处。

　　当然，公路行会让你联想到成都。重庆和成都是两个兄弟，巴蜀之美时有重合之处。从水路进入重庆最能看到江山交汇的壮美，别的城市所缺乏的那种气吞山河的壮美。我原住在南京，是长江的下游，长江到了那里开阔而平和。有一次坐江轮溯江而上，在饱览了三峡的奇丽无比的风光之后，来到了长江的上游。抵达朝天门的时候，我惊呆了，山和城融为一体，江和城融为一体，天和水融为一体，天和城融为一体，天和人融为一体，好大的气派和胸襟，朝，天门，朝天门，是万船汇聚的地方，又是万船出发的地方。生命在这里不断延续，不断地迸发。朝天门，是重庆的灵魂。

　　原以为从江上进入重庆是最佳的选择，但这一次我坐夜航飞到重庆，才发现空中抵达重庆更是妙不可言。

　　那就是重庆的灯火，在飞机上阅读到的重庆的灯火。

　　飞机行进到半夜时分，困倦欲睡，忽然空姐说重庆到了，睁眼忽见舷窗外一片灯火的海，这灯海随着飞机的下降，渐渐变成灯火的海洋。睡意全无，兴奋异常。

　　重庆的灯火是其他城市不可能拥有的灯火，其他的城市是"疑是银河落九天",重庆是把灯火搬进了银河,是在银河里布置了人间灯火,重庆人在长江和嘉陵江这两条人间银河上来点燃自己的灯火,来展示自己的夜景。其他的城市大都是平面地展开自己在夜晚的柔姿和娇态,而重庆人像他们的美女一样立体地来呈现夜色的五彩缤纷。山城特殊的地理优势让重庆的灯火有着一般城市不可比拟的层次感和起伏美,一般城市是用楼房来造成山势,用楼势的起伏来衬托灯火的动荡和变幻。而重庆则在山水的间隙里揉进了楼群的参差,点缀进大厦的雄姿,山水楼厦,构成了重庆灯火特立独行的美,它在起伏中孕育起伏,在动荡中酝酿动荡,在变幻中变幻,在迷离中迷离。

灯火的瀑布。

灯火从天空中一直泻到长江之上。

因而重庆的灯火是有声音的,层层叠叠的山势和多姿多态的楼厦,让重庆的夜色宛如气势磅礴的交响乐,灯火流动,如乐曲行进,动听悦人;灯火辉煌处,如雷霆万钧,声声壮烈;灯火阑珊处,如余音袅袅,不绝于耳。两岸灯火,一江春水,又似二胡琴弦,抑扬吟唱,摇曳奔弛,天上人间。

山外青山楼外楼,重庆的灯火第一流。我看到了一流的城市,踩进了一流的土地。

云南七章

雨季版纳

西双版纳本是一个迷人的地方，可到过版纳的人居然有两种不同的感受，一种说一般一般，一种说真是人间仙境。我非常奇怪，同一个地方怎会反差有如此之大呢。后来，我明白了，两种说法都是合理的，因为我在不同的季节去过两次版纳，一次是雨季，一次是旱季。

先说旱季。由于版纳无四季的转换，我们从春寒料峭时节的内地出发，下了飞机便是烈日炎炎的盛夏，人们不停地卸衣服，脱去羽绒服，脱去皮夹克，直脱到只剩下一件衬衫，还是热，当地人都是夏日的穿着。版纳给人的第一印象就是与内地巨大的温差，可适应下来，发现这个美丽的地方并不像想象的那么神奇，虽有点边域风情，可自然景观好像也没有什么特别之处，旱季的版纳除了有些南国特征的棕榈树以外，其余的好像与普通南方城市的夏天风景相比，并无超乎人的想象之处。那些穿着五颜六色筒裙的傣族少女，如出现在我们生活的灰色背景的年代，无疑是一种色彩的诱惑，像"文革"期间少数民族的歌舞和服饰是人们审美的潜区域。可现在城市的一些女性穿得比傣族还要傣族，不仅是色彩的毫无顾忌，在展示女性身段的美感方面更是有过之而无不及。更何况遍布全国各地民族风情园、风情村，已经让人们领略到傣族歌舞和傣族少女的魅力。这，并不会引起初到版纳者的惊喜。

旱季版纳雨水稀少，路上不时还有一些尘土飘起，越发让人觉得版纳的寻常。本应充满傣族风情的橄榄坝却人山人海，像一个超级农贸市场似的，最糟糕的是由于气候炎热，人流不息，整个橄榄坝有一股酸酸的气味荡漾，老远就闻到。

雨季的版纳就不一样了。

我在雨季到过版纳。

雨季的版纳迷人。雨季的版纳是一个美丽的地方，神奇的地方，迷人的地方，只有亲自到过雨季的版纳，你才会觉得这些形容词不是重复，也不是夸张。我印象最深的就是那种玄妙的热带雨林，仿佛一切都在拔节生长似的，那充满生命张力的绿色不是普通城市常见的装饰性效果，它是主角，它主宰着生活似的，铺天盖地的绿色不知从哪儿来的，在路边，在屋顶，在山野，在湖畔，都是蓬勃的绿，摇曳的绿，自由的绿，疯狂的绿，用手在空气里轻轻一揉，仿佛也沾到了青汁，所以当地有一种矿泉水叫"绿风"，绿风，一点也不错。我清楚地记得那"独木成林"的人间奇观，那棵老榕树一点也不谦虚地向四下里繁衍后代，几经岁月，一棵树蔚然成就一片树林，葱葱郁郁，并肩而立，谱写生命的奇篇。而那在细雨中撑着色彩艳丽的花伞、光着脚丫行走的傣族少女，宛如戴望舒笔下"像丁香一样的姑娘"，只不过她们没有那么多的忧愁和惆怅，而是放射着青春的快乐。她们是版纳的精灵，是绿色的使者，是生命里一束美丽的光芒。

傣家女

傣族是一个很有特点的民族，这个民族是一个艺术化的民族，或者说是一个被人们审美化的民族。我对傣族的了解，最初便是从艺术作品开始的，很多的人对傣族的了解都是像我这样从艺术的审美开始的。我最初知道这个民族是因为多年以前的一幅壁画的风波。这幅壁画是名噪一时的《泼水节——生命的赞歌》，它是中国结束了十年"文革"之后率先将女性的人体"示众"的，用"示众"这个词是因为在当时有特定的文化背景。对女性人体的艺术表现，在我们今天已不成为什么问题，不用说以油画、壁画这样的"再加工"形式不会受到责难，即令人体摄影这种非虚构的形式也可以被接纳，一些女明星的写真集更是"直面人身"。但在当时，人体美是一个禁区，而且，袁运甫、袁运生兄弟将这组壁画用到了首都机场，放在国门，引起巨大的争议也是在情理之中的。

这场风波怎么平息的，我已经记不清了。可当时有人为袁氏兄弟辩护的理由给我留下了很深刻的印象，他们运用有关文艺和生活关系的经典论述来论证《泼水节——生命的赞歌》的真实性，说傣族少女便是像壁画上一样生活的。这对我这样在内地长大的青年来说无疑是天方夜谭，我对这种融生活与艺术为一体的边寨生活充满了向往与好奇。

等我真的到了西双版纳去目睹傣族风情时已是十多年以后的事了，1994年我去参加当地的一个笔会，这一独特的风俗已经寻不见了。当地的朋友告诉我，袁氏的壁画反映的是"水傣"的生活，"汉傣"没有这一风俗。水傣因为生活在水边，每天黄昏时节都要到河里去沐浴，她们卸了筒裙便在水边嬉游，确实是无遮拦的，她们也不觉得害羞，与今日西方的天体运动也没有联系。由于旅游业的迅猛发展，影响了她们的正常生活，她们的生活方式也改变了，已经很少看到往昔水边傣家少女沐浴的情景了。

虽然如此，傣家女还是给人留下很深刻的印象。她们热情大方，天性善良，加之傣族信奉小乘佛教，使得她们更加性情柔和而不张扬。她们五颜六色的筒裙使得本来就俏美的身材更加富有动感，让人心旌摇荡。傣家女虽然美丽异常，但她们并不是花瓶式的美女，她们是生活的主人，承担着巨大的责任，在田里干活的全是妇女，男人则在家里看孩子。然而，她们的地位与她们的付出并不相称，傣族社会里地位最高的是僧侣，其次是男人，再其次是女人。据当地的导游介绍，女人的衣服无论如何是不能晒到男人的衣服上面的，这是一个原则性的大问题。这是我在版纳旅游时印象最深的一点，每当我在城市里穿行，看到阳台上那些红红绿绿的男女服饰混杂一起飘飘荡荡，我就会想到那些美丽而勤劳的傣家女，不知道她们现在是否能够将她们美丽的筒裙和男人的汗衫并排晒到一起。

泸沽湖畔的摩梭人家

我不知道泸沽湖是不是世界上最蓝的湖，但在我见过的湖泊中，它是最蓝的。它蓝得让人怀疑这不是人间的湖泊，而是想象之笔画出来的。我在泸沽湖拍过很多照片，但总是没法拍出那股浸入心魄的蓝来，再精密的照相机也会过滤掉那些难以言传的色彩的韵味的。

泸沽湖无疑是阴性的，它散发出的气息仿佛是乳，汁般的稠厚和柔情，连阳光照在水面上也是软软的，不耀眼，不灿烂。泸沽湖这般女性化，有一个女儿国在那里生存，也就不奇怪了。

说泸沽湖有一个女儿国是因为那里居住着摩梭人。这个被称为"中国最后的母系氏族社会"的群体，是因为他们实行"阿夏"婚制。"阿夏"是摩梭古语，意为亲密的情侣。说"阿夏"是一种婚制并不准确，因为他们并不举行婚礼，"阿夏"是相爱男女的互称。平常男女双方各居母亲家，男子只是夜晚才到女阿夏家过夜，清晨返回母亲家生活。"阿夏"所生子女，随母姓，属女方家庭成员，归女方抚养。生父与子女没有经济上的联系。因而有人将这种"阿夏"称为走婚。

在摩梭人家中，妇女是家庭的中心，由于所生子女属女方家庭成员，一家全是清一色的同一血缘，"舅掌礼仪，母掌权"，是典型的母系社会的格局。

由于这种"阿夏"带着更多的自由结合的色彩，男阿夏与女阿夏之间的聚散并不受太多的约束，有的人可以有几个阿夏，但近年来，也有结婚组成家庭，过着一夫一妻的生活。十年前，我到过泸沽湖，并在一摩梭人家住过两个晚上。这个神秘的群落居住在高高的山上，与世并不隔绝，有公路通到那里，有商店和小吃店，还有小学校。我住宿的那个人家的"准丈夫"，在那个时候就有了较强的经商意识，用独木舟划我们五个人到泸沽湖上去玩时，每人收了五元钱。

摩梭人的女儿大了，就让她单独住靠近家门的"花楼"，以便结交"阿夏"。我居住的那家有两个儿子两个女儿，大女儿十八岁了，果然单住一屋。那天晚上，我们几个人和他们全家唱歌联欢，就是不见大女儿的身影。第二天清晨，我有意识地起个早，看见一个小伙子从"花楼"掩门而出。

十年过去了，那时，泸沽湖没有通电，当地人听录音机用电池，记得我到小学与一位纳西族的教师聊天时，他兴奋地告诉我明年就要通电了，我说泸沽湖就会变味了，这位师范学校毕业的年轻人很愤怒，你们有什么理由不让泸沽湖也过上现代化的生活？我无言以对。

不知道现在泸沽湖通电没有，也不知道那位愤怒的青年是不是还在那儿教书，有了诸多现代化电器的摩梭人会不会婚姻生活也"现代化"起来呢？想象不出，只有再去游览一次。

海 埂

球迷们都知道昆明有一个海埂，海埂为昆明增添了很多的色彩和花絮。海埂已不是昆明的海埂，海埂是中国的海埂。海埂的知名度在上升，它与中国的足球热有关。

我对海埂心仪已久，第一次到昆明的时候，是1995年的夏天。夏天的海埂是寂静的，陪我前去的老陈在这之前问我对昆明的哪处景点最感兴趣，我说海埂，他说你是个球迷。我说，算不上AA级的。他说很遗憾，海埂现在没有一支球队，可能连足球都看不到。我说那可能另有一番意趣。

汽车进入海埂基地之后，我们找了一个地方住了下来，我试图寻找那些球队的足迹，也想聆听球场的厮杀声，可除了蝉的叫鸣之外，海埂是那样寂静，寂静得像一个放暑假的学校。我在几处绿茵地徘徊，幻想出现范志毅这些健儿的身影，滇池清凉的夏风吹过来，提醒我现在不是春训的季节，他们正在各地逐鹿足协杯。虽然没见到球员和比赛，可海埂给了我一个广阔的想象空间。

我第二次到海埂的时候，是1996年的3月中旬，当时国奥队正在马来西亚参加奥运会亚洲区预赛的决赛。我参加的"联网四重奏"年会在版纳召开，在昆明有半天闲暇时间，我和中国青年出版社的李师东不约而同地想到海埂去看一看。让人感兴趣的是，国安队的领队杨群原是李的同事。我们的海埂之行便有了内线。我们到了海埂之后，进入基地时，看门的大爷让我们买了一张门票，这张油印的门票面值五角，可能是最便宜的门票了。

我们两人找到了国安队的住地，但杨群刚回北京，我们访友的计划便告落空，就成了自由自在的游客。我们把每个球队的训练都扫描了一遍，最后在申花队的训练场地停了下来，看了徐根宝的一节（或是半节）训练课，觉得申花队是那天所有队里训练最认真也是水平最高的。回来的路上还看了女垒的训练，觉得那气势就是比男足强，而且特别投入。她们有一种奋发昂扬的精神，同时还有一股不容置疑的"霸气"。虽然她们在奥运会上与美国队争夺冠军时屈居次席，但她们的斗志和精神状态是让人称道和难忘的。离开海埂几天之后，我们在电视上便看到了国奥失利的情景，中央五台黄健翔和他的同事们对这场失败诗意的解说和剪辑，更让我们的海埂之行成为一次伤心之旅。

事后，我对海埂作了小小的考证，海，在当地泛指湖泊，埂，就是大堤。这海埂原是当年围"海"造田的产物，也就是说它的出现本是对生态平衡的不尊重，可有谁会想到它会成为中国足球的一块风水宝地，球迷们心中的圣地，昆明最受传媒关注的景点呢？这是个美丽的错误。

过桥米线和菜泡饭

饮食文化也是交融的，南北会交流，中西也会碰撞。扬州炒饭是淮扬菜的看家菜，但这扬州炒饭其实经过粤菜的厨师加工之后才变得这么好吃有影响的，我是吃淮扬菜长大的，蛋炒饭是小时候常吃的一道，基本上鸡蛋炒饭，最多加的葱花。而现在流行的扬州炒饭，又是火腿又是虾仁，加了无数的配料，这是广东厨师调味出的结果。

这扬州炒饭非但是南北餐饮的结合物，后来也成了中西餐的一个共赏物。没有吃过中餐的老外，最能接受的中餐据说是扬州炒饭。当然西方人在吃炒饭的时候还要浇上醋、咖喱之类合他们口味的调味品，与我儿时吃的蛋炒饭大相径庭。

是先有米线还是先有面条？没做过考证，照我的理解，该是先有面条后有米线、米粉、河粉之类，但筷子似乎有时专门用于吃面条的。南方把米粉做成元宵，北方把面粉做成饺子，就是一种很好的对应。

而蒙自过桥米线产生于明末清初，这就坚定了我米线是面条的替代品的想法。明代朱元璋开始，就把不断有中原人士南迁到西南地区，西南不宜种麦子，吃惯面食的北人很自然就想到了替代品，这米线该是改良的成果。

而蒙自过桥米线则是更加北方化的文化杂交饮食。明末清初，大量北方游牧民族南进，他们的饮食比中原人更加得粗犷和简捷，过桥米线的产生，实在让人不能不联想起北方游牧民族的涮羊肉，所不同的是，由于南方物产丰饶，加之南方人的精细，这过桥米线就明显比涮羊肉要丰富和复杂，主体也改变了，由涮肉变成了涮米线了，当然总体风格上还是一个：简捷。

说实在的，我吃米线很晚了，大约在我快三十岁的时候，我才第一次吃上米线，那时候人的胃的文化结构已经形成，很容易排斥另外的非本胃文化的饮食。但我第一次吃米线，就喜欢上这种方式。而且当时还不是过桥的方式，等尝过过桥米线之后，就欲罢不能了。以前在南京的时候，家门口就有一家云南人开的蒙自米线店，经常带家人去过馋瘾。现在到北京不像过去那么方便了，我仍然执着寻找米线店，终于在东便门云腾宾馆发现了心爱的过桥米线，因此我的舌头和胃又一次找到幸福的家园。我带朋友吃饭，最多的是云南菜最多的是过桥米线，好多朋友因为我爱上了过桥米线和云南菜，还有一些朋友爱上了普洱茶。朋友们开玩笑说，你快成了蒙自米线的代言人了！

蒙自过桥米线有一个美好的传说，说蒙自的一个读书人，在南湖用功读书，废寝忘食，妻子怕饭菜凉了，就急中生智发明了鸡汤"过桥"这个方法保温保鲜。这个传说是对中国传统文化的一次褒扬。读书人，考试，贤妻，昏倒，鸡汤。当然还有这米线。所以在蒙自县城的南湖，还有一座传说中的"过桥"，风景秀逸，浮想如云。

传说当然美好，也可能是真实的，但蒙自过桥米线广为流传的原因，除了他的美味外，还在于它方便和节俭。在我的家乡，有一道菜泡饭广为流行，当时其实是被穷困逼出来的，富贵人家，饭是饭，菜是菜，断然不会饭菜混在一起煮的。而穷人则没那么多讲究的，菜泡饭，一锅全煮，又省材，又省油，还省时间，且少洗碗。颇有些类似过桥米线。

不过因贫穷产生的饮食不一定就不好，而那些讲究排场、讲究奢侈的大菜也不见得就好吃，就能流传。比如，满汉全席，名可谓响矣，可有几人吃得起，又有几人能吃到真味呢。而且，那些高脂肪、高胆固醇且以野生动物为原料的大菜，大悖科学发展观！

倒是那些因为贫穷而产生的美食反而更健康更环保，比如这蒙自过桥米线，比如这菜泡饭，省了多少油，省了多少原料，省了多少煤气，又省了多少人工！如果评选最佳节能美食奖，蒙自过桥米线当获第一名！

城中瀑——极边之水

对很多地方的理解，是从地名开始的，腾冲也不例外，腾冲地名的形象容易给人起飞后翱翔的感觉。当然，还会给人一种进步向上、努力奋进的印象。等我到了腾冲之后，发现可能有另外一层含义。

我到达腾冲的时候，正下着雨。下雨并不是什么特别的景观，但腾冲下雨的时候，我远远地在县城里听到轰轰烈烈的声音，很让我吃惊，那声音是排山倒海狂放无羁之声，那声音是摧枯拉朽更新万物的声音，那声音是咆哮奔跑激情四射的声音。

我奇怪，我好奇，问当地的朋友。声音来自何处？

朋友说，叠水河。

很多县城里都有河流通过，这叠水河怎会如此磅礴如此嚣张？

朋友说，那是叠水河瀑布。

瀑布？在城里有瀑布？我不敢相信自己的耳朵。

是，全国唯一的，在县城里有瀑布的就是腾冲。

朋友用带着浓郁的云南口音的普通话不紧不慢地告诉我，我放下行李，说，我们看城中瀑去。

雨有些停歇，雨点还不时地打到我们的脸上，凉爽而不冰冷，我们听见水声越来越近，轰鸣如交响乐团般的震荡，待我们行到瀑布前，乐曲也奏响了高潮。水流撞击到石头上，发出的是金属般的声响，仿佛是怒江奔腾到县城。

瀑布飞泻的崖顶，那巨石似龟蹲立，若鳖仰望，形态不一，距瀑布十几米处，有一古石桥跨越江上，名叫太极桥。这太极桥让瀑布分为两部分，桥上观瀑布，宛然看大江东去，桥下看瀑布，则怀疑银河落下人间。我看过多处瀑布，从上下分别看去，别有一番滋味。桥上大江奔流，滔滔不绝，桥下激流奔驰，破青崖，白练雪云，水色蒸腾，珠沫四溅。我们来观望时，正巧雨后阳光初现，绚烂的七色彩虹从江这边连到江那边，好像现实和梦幻联系在一起。

听朋友介绍，原来这城中瀑是大盈江的一部分，大盈江属于伊洛瓦底江水系，沿途众流汇合，到达县城地面时，遇到一个巨大的断层崖。崖旁三峰突起，比肩兀立，水从左峡中夺路而出，从46米高的崖头跌下深潭，然后继续奔涌向前。这里，河水一分为二，仿佛被叠为二折，才有"叠水河瀑布"之称。1939年4月16日，徐霞客曾到此，他写道记道："其水从左峡中透空平坠而下；崖深十余丈，三面环壁。水分三派飞腾：中阔丈五；左骈崖齐涌者，阔四尺；右嵌崖分趋者，阔尺五。盖中如帘，左如布，右如柱，势极雄壮"。"从西崖绕南崖，平时而立，飞沫倒卷屑玉腾珠，遥洒人衣面，白日间真如雨化雪片。"霞客先生当年记载的景观依旧，只是当年瀑布的周围不会像今日这么繁盛，而这繁盛让城中瀑显得弥足珍贵，在喧嚣的现代化城市中，能够享受到如此壮美的山水，是天赐大福。

一个地方能够给你深刻印象的地方并不太多，我到腾冲也仅仅两天，但腾冲能给人印象深的东西太多了，和顺小镇的古朴和深厚，艾思奇故居的深遂和亲切，巍巍松山的悲壮和肃穆，云峰山的超凡和包容。当然，腾冲给我印象最深刻的还是山和水的多种组合，怒江的雄阔和壮伟来自于岩石的阻隔，热海的奔放和热烈来自于火山的造化，还有这城中瀑更是水和山的完美组合，人和自然的亲切交融。

我知道腾冲这个地方，是读了熊清华先生的散文《至爱极边》之后，他用了"至"和"极"这样"最"的组合来形容古称"极边"的腾冲，我在到过腾冲之后，觉得城中瀑——极边之水，水之至爱。

夜游黄果树

  风景总是一种诱惑，风景的诱惑在于人们没有能够亲自目睹置身其中，人们置身于风景当中还会感到它的诱惑吗？黄果树瀑布对于人们来说总是一种巨大的诱惑，它的巨大的水流从我的头顶上走过的时候，我才明白它是真正的名不虚传。这些年来怕受风景的诱惑，因为很多的风景是虚传的盛名。这种虚传不是因为历史的过错，而是时过境迁，人物已非，再加之人们片面而无知的开发和利用，很多的风景便只能成为可向往而不能前往的名胜。想象比事实更美好，要不然你会大失所望的。

  黄果树据说也曾让人失望过，因为它受制于自然。当它进入枯水期时，它的壮观便会让游客感到原先的诱惑带有某种夸张，这也是黄果树的真实之处，就像泰山的日出、峨眉山的佛光并不是什么时候都能看到一样，那要看你的运气，这种运气不是抽象的，它其实是你的选择，比如你登山时机、气候、人员的选择。运气即选择。

  我的运气不错，我看到了辉煌而磅礴的黄果树瀑布。一九九四年七月我和参加《山花》笔会的朋友们在一场特大暴雨之后观赏到它最雄奇的景观，我看过很多的海，也看过很多的江，还游览过很多的湖，可我在游览过黄果树之后，认为作为水的景观黄果树瀑布可谓达到了极致。湖泊是优美的，可过于秀气而沉湎于静谧；江海的水流是流动的，可它的流动基本上在一个平面上进行，缺少一种立体的放射的感受；而瀑布之水天上来，奔流咆哮，雪白的水柱冲击起震撼人心魄的涛声，你仿佛给水声淹没在雪白之中，被巨大的水流环抱着，你变成了水的一分子。特别在过水帘洞的时候，水是那样的慈祥那样的无微不至，迷人的水气从脚下升起，从头上升起，从岩石边升起，从洞外的阳光里升起。我有一种从上向下飞出去的欲望，我把手中的花伞抛向深潭，红色的雨伞飘飘然在瀑布的激流中行走，对面的人群发出一阵欢腾，于是陆续有彩色的飞行物在游动，彩虹一样在瀑布的气流中发出灿烂的微笑。

好景难再，今年春天又一次来到黄果树，路上有人告诉我春季水小瀑布不够壮观。我便坐在招待所里休息，不想破坏第一次留下的美好印象。晚上和《青年文学》的李师东喝啤酒斗量，其他人在一旁推波助澜，几瓶啤酒下肚，就想走动，没想到窗外月色竟那般动人，远处传来瀑布的轰鸣声，在深夜的寂静中显得异常幽远，乘着酒兴，我们一行十人便步行夜游黄果树。

如果说去年夏天在黄果树看到的是血肉丰满的形体，那么，这一次则看到了黄果树的筋骨、黄果树的结构，我们接近黄果树时水声似乎反而消失，瀑布静静地躺在悬在夜色中，水流显得纤细而拘谨，是一种凝炼、简洁的美。最为奇妙的是从山顶悬下几注雪流在迷茫的夜色中会不时变得粗一点细一点，像变魔术似的。我们刚来时左边的一挂水流极为丰腴。可渐渐变得消瘦起来，待我们离开时，这股水流竟无声无息地消隐了。夜色中的瀑布似静而动，在平淡中孕育了变异，颇有沧海桑田之感。

我不知道下一次会在什么时候和什么样的情景下再去看一次黄果树瀑布，我想还会看到另一番的景象，黄果树是不会让我们失望的，它的每一个季节、每一个侧面、每一个角度都会给我们以新的感受。当然，我们每一次也应以新的感受、新的情怀去观照、环拥它。

在临沧参茶

来到被称为"天下茶仓"的临沧,自然是要对茶文化感兴趣。茶是古老中国文化的象征,甚至在英文中国"china"的称呼里,也有人认为是丝绸和茶的中国词组的拼接,或者说是瓷器和茶的拼接。丝绸也好,瓷器也好,它们都是中国人对世界文明的巨大贡献。或许有学者对这一说法持怀疑的态度,但反过来证明了世界对中国的认识是从茶叶、丝绸、瓷器开始的,"茶马古道"、"丝绸之路"记载是中国文化是在世界长河的辉煌足迹。

云南是茶的故乡,而云南的茶产量是又以临沧居首。说实在的,在来临沧之前,我不太熟悉临沧这个地方,我到过西双版纳、到过当年的思茅,到过大理的下关,也到过保山的昌宁,我知道那里的茶名很盛。这一次来到临沧,才发现原来是井底之蛙,不知道天下茶仓和第一茶树在哪里,还奢谈什么茶文化。

我在临沧看茶的第一站是双江县的勐库大叶茶厂。据当地人介绍:勐库地处紧邻北回归线,是国家级有性系茶树良种勐库大叶种茶的原产地。属典型的亚热带立体气候。在海拔 3228 米（东经 99°46′– 99°49′北纬 23°42′）的勐库大雪山原始森林中有着近万亩的野生茶林群落，茶树树株最高达 22 米，基围粗 3.25 米，是全国群落面积最大、海拔最高的野生茶林，树龄大多在 2500 年–3000 年左右，如此大规模的古树茶树林的发现，在世界茶叶历史上属实罕见，从而进一步证实了双江是世界茶树原产地之一，是生物多样性的活基因库。

我很兴奋的是，我们来到普洱茶的生产车间，看到工人们压茶，压茶的工人多是中年妇女，她们的压茶的生产方式基本是手工的，压茶的石头已经被茶叶磨得光滑，幽幽的石光记录着岁月的流痕和工人们的勤苦。我和同行的几位作家曾经试图去启动那石头，最后还是放弃了，因为怕沉重的石头扭伤了肩和腰。而那些妇女们日复一日、年复一年地在不断上下启动着那块石头。当我们在品茗论茶的时候，有谁会想起那些辛勤劳作的妇女呢？谁知盘中餐，粒粒皆辛苦。在茗香飘溢的茶楼里会所里，其实也有劳动妇女的汗水在飞。

后来又来到了"滇红"的故乡——凤庆。滇红是我接触到最早的红茶，在我童年的时候，每年到春节的时候，我们全家每人可以喝到一小杯的滇红。后来我才知道，因为当时滇红全部出口了，只有极少量的茶流入国内市场，父亲当时在供销社工作，春节可以分到一小袋的滇红。滇红在我的记忆里，就充满了节日的气氛。文革期间，喝茶本来都是奢侈的，父亲喝得是茶叶末子，能够喝到国宝级的滇红当然是莫大的幸运。大年初一的清晨，父亲用搪瓷缸泡滇红，然后轮流给我们尝一口。后来我和同学们显摆家里有滇红的时候，同学问：什么味道啊？我想了想，说滇红的味道像蜂蜜，带着酒的醇香的蜂蜜。

蜂蜜的记忆当年是童年不准确的记忆，那时候我们把最好的美味都比作蜂蜜，因为我们压根儿就没有尝过蜂蜜的味道，但当时"比蜜甜"是形容最高味道的这个说法。待后来我喝到蜂蜜，再尝滇红的时候才发现是何等天真可笑。这一次来到了滇红的公司，尝了各种风味的滇红，才发现滇红的醇厚、滇红的丰富远远超过蜂蜜的浅薄。杨厂长热情洋溢的介绍，让我看到滇红的传奇史，也看到了临沧茶文化的深厚。

1938年，"滇红"在凤庆试制成功，成为中国的出口名茶，年出口量均占全省茶叶出口量的40%以上，创汇占全省茶叶出口量的50%以上，云南凤庆滇红茶叶集团股份有限公司是云南目前最大的茶叶生产企业。全区茶叶面积达65万亩，年产量达2万多吨，面积和产量均为云南第一。当然滇红时常作为国礼被馈赠给各国的元首、精英、名人，也提高了滇红的国际影响。

临沧和凤庆值得骄傲的还有一棵全球最古老的茶树，被称为神树的茶树。这棵茶树有一个非常美好的名字，叫"锦绣茶祖"。因为它在凤庆小湾镇一个叫滇西凤庆小湾镇锦绣山村境内，古茶树高达10.6米，树冠南北11.5米，东西11.3米，基围5.84米。1982年北京市农展馆馆长王广志先生以同位素方法，推断其树龄超过三千二百年后，广州中山大学植物学博士叶创新亦对其进行研究，结论一致。2004年初，中国农业科学院茶叶研究所林智博士及日本农学博士大森正司对其测定，亦认为其年龄在三千二百年至三千五百年之间。2005年，美国茶叶学会会长奥斯丁对其考察认为，锦绣茶祖是迄今世界上发现的最大的古茶树，如果考虑到它是栽培型的，对人类茶文化的历史将具有无以伦比的意义。从其树龄超过3200年推算，其"年龄"甚至比商纣王还年长近100岁，比春秋时代的孔子年长近700岁，比秦始皇年长近1000岁……就在这棵茶树王的身边，至今还有她的子孙1400多棵，茶海绿波，子孙同堂，郁郁葱葱。

神树得天地之精华，阅人间之沧桑。神树笼罩的周围没有其他的树种，一副唯我独尊的气概。这树的叶子也是神叶，远近的茶农不得前来采摘。神树受到乡民的供奉和朝拜，也受到茶友们的膜拜，2006年5月，来自台湾、香港、马来西亚的茶界名人以及云南省澜沧江流域的苗族、傣族、佤族、藏族等 8 个少数民族祭拜队共五千多人汇聚在香竹箐，祭拜了这株"地球上最大的古茶树"。当然，以这棵古茶树树叶制作的 499 克茶饼，也成为文物级别的稀有物。在 2007 年当时普洱茶文博会以 25 万元的起拍价被以 40 万元的天价拍出，每克 800 多元，价格接近当时黄金价格四倍，创下当时新茶拍卖最高纪录。

当然，茶的价值不是仅仅通过金钱来衡量的。临沧的茶孕育着的文化丰富多样，深厚，值得慢慢追寻。回京后，偶然读到佛教名僧虚云大师的一首诗：

寸香陪客坐，聊将水当茶。
莫嫌言语寡，应识事无涯。
岩树井藤命，驹光过隙嗟。
佛言放下着，岂独手中花。

临沧夏冬无热无寒，临沧人淡定从容，原来临沧的茶文化深含着禅意，也就明白它的声名如此低调了。

第五辑

世界杯影

世界杯开幕式独少一人

世界杯开幕式上,人们在寻找一个身影,一个熟悉的身影。那个已经有些蹒跚、有些苍老的身影,他已经九十一岁。

他始终没有出现在现场。他沉浸在悲痛中,而民族的狂欢如期而至。

这是梦想的来临。

这一次梦的源头是南非,非洲大陆的神奇之地,曼德拉的家乡。

尽管曼德拉没有能够出现在开幕式上,但你会时时感到曼德拉的存在。第三乐章赞美诗人的出现,是曼德拉的替身和代言。

曼德拉说过,这个国家需要一些伟大的东西。这个伟大的东西,我把它视为梦想。二十年前,曼德拉从牢狱中走出,南非的种族隔离制度经过曼德拉们的多年抗争被取消。二十年后,南非迎来了世界杯的盛大节日。我想,这就是曼德拉所说的伟大的东西之一。

我们对南非的了解很多是通过曼德拉的故事去了解的,南非留给我们的最大印象就是种族隔离。而这种隔离今天通过足球得到了弥合,这种弥合不只是南非的黑白弥合,也是全球不同人群、不同肤色、不同信仰的弥合。

开幕式向我们展现了南非的浓郁的风情和文化，还带着强烈的洲际色彩。这是最近几届奥运会、世界杯开幕式洲际色彩最鲜明的一次，有一章专门来展示非洲的文化和风情，同时让参赛的六支非洲球队来分别展示各自的地域文化。黑非洲成为开幕式的主旋律，当然在一片黑海洋中，也时现白面孔。

我不由想起足球的颜色原是黑白的，后来改成了五颜六色。这一次的比赛用球叫"普天同庆"，很有意味，而不是"飞火流星"那样纯粹的技术性的名字，普天同庆和同一个世界、同一个梦想是同一个主题。这一次在南非的世界杯球赛，比赛用球"普天同庆"应当改成黑白两色。黑白两色，代表的不仅是人种的肤色，也记录南非的历史。同时象征这个世界的两极构成。灾难深重的南非人民，为了独立和自由，与种族隔离主义者的斗争，不屈不挠。而这黑白，是皮肤，也是哲学。其实黑白无贵贱，色彩均平等，天地万物，阴阳黑白，互为补充，互为依存，同一个世界，同一个梦想。同一个足球，同一轮太阳。

世界杯是平等的，是自由的。因为更多的时候人类不能自由，因为更多的人群尚未平等，当黑白被隔离成两个世界，自由和平等的呼声就借着足球的呐喊高唱。

华丽的梦想，非现实的梦想。好莱坞大片的现实版，英雄史诗的真人秀。三国英雄数吕布，世界杯英雄属于谁？不是三国，是三十二国。不是魏蜀吴，是亚非欧美全球参战。身体和智慧，策略和阴谋，光荣与晦暗，人生与戏剧。

醒着的梦。

四年太短又太长，华丽帷幕拉开，闭幕是那样的伤感惆怅。失恋似的回想。

梅西命如贝克汉姆

这么写，会遭很多梅西的粉丝痛骂，尤其是那些女球迷的痛骂的。但是，我还是要说，自古红颜多薄命。球技超群、形象可人的梅西很难捧上大力神杯，这是一种宿命，上帝不可能把所有的好处全给一个人。

我也是梅西的粉丝，就像我曾经是贝克汉姆的粉丝一样。年轻可爱的梅西，和当年如日中天的贝克汉姆一样，代表着青春，代表着理想，代表着艺术，尤其是梅西处理球举重若轻的潇洒和优美，迷死人。真正的万人迷。

但贝克汉姆没有带领英格兰拿过世界杯，英格兰队的每次铩羽而归总是让人扼腕伤心。今夜，为梅西流泪、叹息、睡不着的人不在少数，阿根廷的惨败虽然和梅西没什么直接的关系，但历史上那些英俊潇洒的球星往往在世界杯上都不能笑到最后。今晚，梅西成了没戏，我在打拼音时，梅西居然蹦出了没戏，就有不祥的预感。

如今在主席台上的法国球星普拉蒂尼，当年是和贝克汉姆、梅西一样风度迷人、球技过人的大球星，他带领的法国队也一直是夺冠的大热门，但两次世界杯，普拉蒂尼总是与大力神杯擦肩而过。1998年的世界杯长得像工匠的齐达内、图拉姆们硬是完成了普拉蒂尼没有实现的梦想。

多年以前，我在写贝克汉姆的"红颜薄命"时，就写过，像梅西这样成为女粉丝偶像的球星最容易激发对手的斗志。男人都是喜欢女人爱戴的，男人都是要面子的，梅西的火自然会激发对手的力比多。"冲冠一怒为红颜"，这是在和普拉蒂尼、贝克汉姆、梅西比赛时，对手为什么屡有超水平发挥的根本原因。潜在的嫉妒会转化成愤怒，而愤怒会转化为巨大的战斗力。男人的醋性具有核辐射力。

身材五短的马拉多纳可以获得世界冠军，光头秃驴齐达内们可以获得冠军，但潇洒高雅的普拉蒂尼获得不了，英俊优美的梅西也得不到，虽然梅西很年轻，还有机会，但恐怕摆脱不了在世界杯上的悲剧。记得马拉多纳之后的巴蒂也是一位风度迷死女球迷的阿根廷战神，但巴蒂还是无缘世界杯冠军。

由此推断梅西的前景，大致难脱宿命。

马拉多拉学的毛泽东军事思想

这一个夜晚，法国输了，韩国输了，尼日尼亚也输了。韩国队输得最惨，1∶4，输得没面子，而且让伊瓜因帽子戏法，梅开三度。和兄弟朝鲜队1∶2得输给巴西队的虽败犹荣相比，韩国队输得丢人现眼，把我们徐坤老师刚刚树立起来的亚洲雄风的创意弄得散落一地。雄风黄了，变成雄黄，借着端午的劲儿，现原形了。

阿根廷队赢得利索，比巴西赢朝鲜利索多了。为什么？实力当然是一回事。但马拉多拉成功地改变了球队的节奏，就在于让梅西从前锋的位置后撤，前腰的位置上飘忽不定地跑动和组织进攻，让韩国队的事先的预设方案落空，防住了梅西，防不住伊瓜因。韩国队是著名的"跑不死"，记得2002年的世界杯上，韩国队的奔跑能力让意大利、西班牙这些球队也累得半死，最后被拖垮。但马拉多拉不和你去拼体力，他成功地将贝隆撤下，撤下贝隆意味着阿根廷队的节奏改变了原来的进攻方式，梅西不再只是终结者，也是发动者。韩国队有力使不上，跑得抽筋也没机会。

阿根廷队是这一届世界杯上攻守节奏最为古怪的球队，至少我们看到的两场比赛就大不相同，对阵尼日利亚是一种节奏，对阵韩国又是一种节奏。当然，阿根廷队在比赛当中的节奏也鬼怪多端，进韩国队的第二球是任意球，梅西发动的任意球没有直接传向球门，而是转了几个圈才突然传吊到伊瓜因的射程内，而由于这辗转，韩国队防守的满腔热血无处发泄。待血冷时，阿根廷队才杀将过来，正好慢了半拍。所以，巴西打朝鲜显得累，而阿根廷打韩国游刃有余，就在于在破了韩国队的节奏。朴周永的那个乌龙球看似偶然，其实是韩国队的节奏乱了。

节奏是球队的生物钟。生物钟乱了，球队的战斗力轻则下降，严重的则近乎崩溃。韩国队下半场的下半段到了崩溃的边缘，因为它内在的节奏乱了。阿根廷胜是必然。西班牙摆在瑞士脚下，就在于瑞士队成功地控制了西班牙的节奏，西班牙队员的步点瑞士队就像跳舞一样都能踩上。西班牙如果节奏不变化，前景堪忧。

反观法国队，虽然中场堆积了一大堆能传能接的好手，但由于节奏被对手掌握，墨西哥队总是能成功地堵上枪眼，让法国队无功而返。堵枪眼不是黄继光的专利，世界杯上其实每个队员都像堵枪眼，但问题是能找到枪眼，像阿根廷这种球队就是通过节奏的变换，让韩国队连堵枪眼的机会也没有。

毛主席著名的十六字的游击口诀，让中国共产党在战争中受益不浅。"敌进我退、敌驻我扰、敌疲我打、敌退我追"，其实就是破坏敌人的节奏，不按敌人的思路走。出其不意，攻其不备，牵着敌人的牛逼鼻子走。在这一点上，马拉多拉继承的是毛泽东思想。马拉多拉当年就是球场的著名游击队员，如今发扬光大他的游击作风了。

难怪，球迷把他的画像和格瓦拉一起高挂。

巴西出局说明穆里尼奥神话的破灭

巴西出局了，我有预感，比赛开始前，在微博里，我说荷兰能胜出。唱国歌的时候，我看到了荷兰人的自信。几次看唱国歌的神态，就能看出胜负来。这是新一招。唱国歌时的神态是队员心态的外现，全队的神态意味着比赛的走向。

巴西的出局，拯救了足球。因为这个夏季流行国际米兰的模式，连巴西都国际米兰化了，这足球还有什么艺术可言。好在巴西出局了，邓加这个工兵确实把巴西队改造得像个扫雷队了，以至梅诺扫完雷还要在罗本身上加一脚，这一脚炸雷了，炸伤了自己。邓加这个工兵，被自己埋的地雷炸了。

落后一球的巴西不是问题，以前的巴西经常反败为胜，但是邓加的只会打防反的巴西队根本组织不了像样的进攻。鸡贼似的偷袭机会没有了，巴西人居然不知道怎么进攻啦，而以前的巴西队是何等的华丽和流畅。如今只会防反的巴西，面对人家的防反，只能吞下苦果。

巴西以桑巴著名，但今天的比赛尤其是后半场的比赛哪里有点桑巴的影子，和希腊队、澳大利亚的进攻也并无差异。

浪费天才球员，颠覆传统艺术，邓加毁了巴西足球。以前的巴西败北，让人惋惜，而这一次完败，让人释怀，因为穆里尼奥神话终于破灭了，巴西的足球还是要桑巴，不要鸡贼。

其实，这场比赛不是荷兰踢得有多好（他们错过太多机会），而是巴西队踢得糟，因为他们不会进攻了，而进攻是巴西的灵魂。

巴西败了，意味着足球不会倒退，要不然世界杯真的会死掉。足球还活着，世界杯还活着。

荷兰才露尖尖角,就有大力神立上头

荷兰队胜利了,胜得艰难,胜得精彩。乌拉圭队输了,输得艰难,也输得精彩。当初法国队因为和乌拉圭队踢平,大家就认为法国踢得很烂,其实是冤枉法国队。今晨乌拉圭和荷兰的对决,说明乌拉圭平法国是必然,甚至是法国的幸运。因为在这场半决赛中,如果不是乌拉圭过于看重荷兰队,踢得都像最后二十分钟那么勇敢进攻,大约是有希望和荷兰队平分秋色的。

当然,荷兰队是太强大了,今晚荷兰队终于露出了獠牙,咬了乌拉圭三下,乌拉圭虽然忍着疼痛还击,无奈为时已晚,中毒身亡。

没有飞翔的翅膀,但有置人于死地的獠牙。以往的荷兰队是一群飞翔的风神,他们忘记了飞翔的目标是为了寻找猎物,是为了击倒对方。飞翔是一种姿态,而不是目标。为了表演飞翔而飞翔,这样的飞翔只会折翅而断,优美的姿态让荷兰成为无冕之王,他们是风之子,但每次俯冲大力神杯时总是擦杯而去,他们太注意自己的行为美了。

这一次的荷兰不再是飞翔的雄鹰了,罗本秃鹫般的眼神说明这是一群渴望猎物的豺狗，嗅觉灵敏，动作迅速，庞然大物巴西也被它疯狂的反扑压倒。显然，乌拉圭也是和荷兰一样的食肉动物，也是不注重飞翔姿势的豺狼虎豹，但荷兰人多年积累的功力还是帮助他们更胜一筹。

荷兰队貌似巴西队的打法，但邓加是去巴西獠牙的稳健。进攻是桑巴的灵魂，而现在的巴西不会打阵地战了，基本靠防反来偷袭对方，甚至面对朝鲜这样的弱队也是靠麦孔的偷袭先拿分的。但到落后的时候，巴西队就不会强攻了。而荷兰队的稳健，并没有丢弃飞翔的内功，他们在落后巴西一球时的强攻连追两球直至领先，在今晨被乌拉圭逼平时，重新组织进攻，而且很快收到效果。说明他们不只是会防反的保守球队，他们不表演飞翔，他们只等待一剑封喉。

荷兰队终于露出问鼎的气焰，拿下乌拉圭之后他们的冠军相毕露了，等待西班牙和德国最后的决斗，如果是德国队，荷兰人将用节奏和内功破坏掉德军的闪电战。如果是西班牙，则胜负难料，因为西班牙修炼得和荷兰一样老到，都近乎天衣无缝了。何况，西班牙的内功也是浑然天成。只是西班牙欧洲杯问鼎之后，队员有点审美疲劳了。而荷兰人的新鲜劲，刚出炉，才露尖尖角，这是优势。

误判是世界杯的毒瘤

每次看世界杯，总是抱着期盼的热情来带着伤感的情绪而去。十六强产生了，意味着十六支队伍告别了。八强产生了，意味着另外八支球队离去了。留下的，不一定是你喜欢的，而离去的常常留下遗憾甚至扼腕。

上届冠军意大利走了，亚军法国队也走了。亨利走了，泪流满面的郑大世走了，一球不进的鲁尼郁闷走了，而墨西哥人带着对裁判的愤怒走了，当然英格兰的兰帕德满怀着世界杯史上最大的冤屈绝望地离开，兰帕德比窦娥还冤，窦娥有昭雪时，而英格兰只能抱恨仰天长啸。

他们回家了，从演员成为看客，看人家的表演、厮杀。晋级的命运总是相似，出局的命运则各有不同，有的差之于实力，比如老迈的伊朗队；有的遭遇分组的安排，比如南非队；有的毁之于裁判，比如韩国队。总之，他们离开了，带着遗憾和惆怅，也带着失望和懊悔。

比之以往的世界杯，很多球队和球员是被裁判赶回家的。误判之多，让这届世界杯蒙羞。韩国队被裁判误判，英格兰的进球被吹掉，墨西哥则被一记越位球击中要害，回天无力。当然，马拉多纳的爱过他队成为误判的最大受益者。有人说，误判也是世界杯的一部分，误判也是足球的魅力。

甚至连足联主席布拉特也振振有词地宣扬这种荒唐的言论，悲剧！正义何在？公平何在？正义和公平一直被认为是普世价值，怎么到了足球就可以例外呢？以前由于科技原因，比赛时间又紧张，不能花很多的时间去判别越位、进球这些细微的差异，只能由裁判最终判罚。而现在，电子眼刹那间就解决问题，为什么要容忍这些误判和差错呢？

国际足联纵容裁判的误判其实是有私心的，因为高度的科技化意味着裁判猫腻的空间越来越小，指鹿为马式的错判也就少了很多，国际足联操作比赛的空间也就越来越小了。中国足球出事的一大原因，就因为裁判成了百慕大。金哨陆俊敢于作假，就在于他也说过误判是足球的魅力的话。误判，有些其实是可以避免的。误判不是足球的一部分，恰恰是足球的毒瘤。

米兰·昆德拉有部小说叫《为了告别的聚会》，说得更像是世界杯，三十二支球队从各自的国度来到南非，参加这样四年一度的豪门盛宴，最后曲终人散，戛然而止。争王的过程，也是一个离开的过程，一些球队晋级了，一些球队就要离开，今天晋级了，或许两天之后又离开了，世界杯产生的过程也是三十一支球队离开的过程，世界杯的魅力不在于曲终人散，而在于曲不终已有人散，人不断地散，球队不断地晋级，球队不断地回家。留下来是暂时的，离开是必然的。豪门盛宴，其实是看谁吃到最后，谁的胃口更大更好，大胃好胃者就成了霸主。天下没有不散的宴席，世上没有不夺冠的赛事，那些离开的球队让人感伤，让人惆怅，尤其是那些球艺高超而运气欠佳的球队，尤其是那些球星光芒四射的球队，他们的离开，总是能激起人们的无限同情、惋惜甚至埋怨。

人生总是要遭际各种各样的原因离开的，有的早一点，有的晚一点，有的浅一点，有的深一点。甚至那支夺冠的队伍，在夺冠之时，也是离开之日。那些优秀球队和优秀球员的离开,会让人伤感,只是内涵不尽相同。球员会为自己的拼搏和奋斗而眷恋球场,球迷会为这些球队的精彩表演不再深感遗憾。世界杯是激情的世界杯,同时也是百感交集的情感大世界,正因为如此,才会让人难以忘怀。

黄健翔四周年祭

四年了，四年前的6月27日凌晨黄健翔惊天一吼，花月失色，球坛哗然。故人离去，足夜黯然。

那个意气风发的黄健翔从此死了，当上老板的黄健翔变成了皇家礼泡，不是酒而是泡。

世界杯出英雄，世界杯出花絮，花絮里有故事，故事里有传奇。传奇里有悲剧，也有喜剧。哥伦比亚的后卫因为乌龙被人枪杀，令人扼腕。足球流氓攻击警察，令人气愤。马拉多纳上帝之手，令人喷饭。世界杯是眼球经济，世界杯也是巨大的秀场。多少人因此名扬天下，也有多少人名损孙山。

黄健翔是靠足球成名，当然也差点毁在足球上。四年前，他莫名的发飙让他丢了饭碗，要是放在二十年前，他的足嘴生涯也就了结了。在计划经济时代，不是你想辞职就辞职的，一切要靠组织安排。发了飙的黄健翔多半被安排到后台，做做剪辑之类的无名的活。而如今，黄健翔可以自己开公司了，而且还可以做足嘴的活，赚足嘴的钱。

黄健翔的惊天一吼，用各地方言说出来都很有味道。很奇怪，这是一种什么语体，动力来自何处，很具体，又很抽象，像诗歌，也像流行音乐，还像段子。灵魂附体，鬼魂附体，黄健翔大仙般，神汉般，巫婆般，失常的一飙，来无影去无踪。澳大利亚被莫名伤害，意大利被送上冠军。

可惜，领奖台上，没有黄健翔的身影。其实应该给黄健翔一块金牌的，或者至少大力神杯让黄健翔摸一摸的。黄健翔为意大利的胜利夺冠，请来保佑之神。

我忽然想起，要是今年的世界杯上，黄健翔这么一吼，还会有那么大的效应吧？比如李承鹏对朝鲜队的议论，其内容要比黄健翔的发飙狠得多，但没见朝鲜使馆的抗议，也没见领导的批评。看来，足球的舆论环境比四年前的要宽松些了，刘建宏、段暄若再说让某某队滚蛋之类的话，也不会有那么的轰动了。当然，黄健翔是个"作男"（张抗抗有"作女"一说），天生的明星气质和表演才能不在四年前的澳大利亚队折腾事出来，还会在其他的他不喜欢的球队上折腾事来，总之，CCTV不适合他，他适合在明星堆里转。

但是CCTV-5少了黄健翔，就像英格兰少了贝克汉姆，阿根廷少了马拉多纳，CCTV-5的世界杯少了些许激情，也少了很多悬念，还少了很多看点。而黄健翔的足嘴虽然延续，但变成了碎嘴，虽然和那么多人在一起，你感到他是孤单的，他是茫然的。黄健翔的激情是要有民族、国家、政治这些庞大的背景做支撑，才具有感召力。做娱乐，他不如郭德纲，也不如周立波，更不如赵本山。李承鹏的球评走俏，也往往离不开这些大的元素做支撑。看的是足球，说的是国家、政治、民族、战争、人种、宗教，至少还有人生。纯粹的足球，跟看人打麻将无异！

所以，黄健翔那一吼，对曾经似乎伟大的黄健翔和正在伟大CCTV都是伤害，双不赢。

谨以此文祭奠那个已经消失的黄健翔。

魂兮，安息！

足球也凹造，世界杯也凹造

江山代有新人出，博客天天有新闻。我是一个博客新战士，和那些老兵、将军相比，资历浅浅，这几日忙着关心世界杯，写着足球，没想到洪晃女士造出了一个新词，叫凹造型，且专用于 80 后，又被媒体 PK 上了。

凹造型据说是上海流行过来的词，这些年由上海创造流向全国的词不是很多，像前些年在上海乃至吴语区极为流行的"捣糨糊"始终没有让全国人民都知道，倒是东北的"喝高了""忽悠"，那旮旯里出来的词成了流行语。我对"aozao"这两个音节的记忆，是离上海极近的昆山有一道美食叫"奥灶面"，有点像东北"乱炖"的做法，形象并不特别可爱，味道极其可人，每次到苏州、昆山，我都要尝一尝。

这奥灶面与凹造型有无关联，尚未考证。我也无意搅和此事，只是发现这两个词和足球关系极为密切。凹造者，乃造凹也。先说足球场，乃凹地也。足球场，四周都是高高的看台，场子自然凹在中间，建球场，其实是造出一块凹地来。再说足球的精彩在于射门，在于射门不进，在于艰难射进和侥幸射进（比如乌龙，比如马拉多拉的上帝之手）。这伟大之球门如果只有门柱，还缺少纵深的凹空间。比赛之前，必在球门柱挂上球网，这网一挂就造出了凹来。

我不禁胡思乱想，这网奇妙，球门柱挂上网，也就凹造成型了，队员就有了进攻和防守的目标，POSE也好，COOL也好，一切以守凹和攻凹为中心了。而这人一挂上网，就无网而不博客，这博客被博主昵称为园子，这园子其实也是一块凹地，原来开博其实也是造凹。敢情我在写这博文时，也凹着造着型着。

如果说凹造型与POSE、COOL有关，那足球运动就是凹造型的百科全书了，这世界杯也就是凹造杯了。那个球员不会几套POSE，贝贝托在那届世界杯上进球后摇摇篮的动作，亨利进球后摆的多种POSE，连球技平平的中国足球队的球员们也各有一套和球技颇不般配的POSE。至于大名鼎鼎的贝克汉姆更是凹造型大师，不用说他的球技堪称一绝，就是他光怪陆离的发型就够超级凹造的。或许球员的凹造是可以理解的，因为他们是演员，不造点凹，凹点造，球就不好看了。但你到足球场去看，发现这球迷中凹造型的还真不少呢！那脸上的油彩涂得个性四射，那发型更是五彩缤纷，那人浪和口号也别具一格。记得当初西安的球迷曾把"大风、大风"当做他们球队的加油声，虽然现在那支由李国民创立的大秦风格浓郁的球队已荡然无存，但那高亢雄浑的"大风、大风"秦腔犹在耳畔。

这就是足球的妙处，你看任何演出不能如此放肆，看电影、电视也无法互动，看足球有点像上网，随时灌水，随时拍砖，随时凹造，凹什么型，造什么凹，看你高兴，看你看谁凹造得不顺眼，看你看谁的园子造得牛气冲天。足球明星的拥趸、明星球队的拥趸叫球迷，而网上名牌博客的忠实读者、追随者叫粉丝，而如今这两者大有合二为一之势，在真实的球场和虚拟的网络上自由地凹造、自由地游走，戴着面具、带着长剑，一边走，一边高喊：凹造有理！POSE无罪！

挺英格兰的三十三又三分之一理由

知道挺英格兰是风险极大的，因为英格兰队不知什么时候成了玻璃美人，美丽而易碎，但是，历史要让英格兰队走到前四、决赛甚至捧冠，我也没办法。据说在英国，一名船夫已经投入60万美元来赌英格兰队获得世界杯冠军。著名的火星酒吧已经改名为"相信酒吧"，因为他们相信英格兰队能获胜。在比较偏远的英国西北部，一个地区竟然谱写了一首"世界杯国歌"，连羊听到这首曲子时都兴奋不已。

或许是八卦吧。除了赛程、分组、地点这些因素有利于英格兰队外，英格兰队自身的综合实力指数在各方面可能是最高的。一个球队的综合实力指数包含了各方面的因素，以往几届人们之所以过高地估计英格兰队的实力，只是看到球队的单纯实力，而没有从综合指数去看待。

第一、配置。球队的配置几乎是黄金配置。如果从球队的实力来说，每届世界杯都有七八个队能够有实力问鼎，而问鼎的球队必然是配置最合理的。这届英格兰队从队员的实力到年龄层，从球星到主教练，配置及其合理。就队员实力而言，从后卫到前锋到中场，每条线上都有实力超群的人物，欧文、杰拉德、鲁尼等将无愧于冠军的称号。主教练埃里克森、球星贝克汉姆更是不逊色于任何人。巴西队也是人才济济，但济济得有点人才过剩，有点资源闲置的味道，弄不好会造成资源的不合理使用，首战克罗地亚让罗拉尔多提前下场，就说明人才多了，一不小心就成了"多收了三五斗"。

第二、经验。失败的经验更可贵。前两届英格兰队为什么成了玻璃美人？很重要的原因是他们脆弱的心理，不成熟的比赛经验。几乎这几届的世界杯英格兰队都能上演几场可歌可泣的吸引眼球的比赛，但总是悲壮地死去，原因在于他们的激情大于经验，不理解大赛是一连串的PK，导致状态过早，或情绪失控，被对手钻了空子。本届比赛，被媒体看好的德国队、意大利队有点像当年的英格兰队，热情，有活力，但状态太早，会吃经验不足的亏。而英格兰队的老队员贝克汉姆、欧文等都是世界杯的三朝元老了，很多败将醒悟时往往已无缘赛场，而贝克汉姆们有机会重来一次。他们会把他们的教训转化为成功的经验。他们首场的疲软是在为后面的艰难储蓄能量，说明他们已经懂得在什么时候用力最合适了。

第三、运气。运气来了挡也挡不住。球运是一个队夺冠必不可少的要素，英格兰队这几届世界杯一直是走背字的球队，关键时候老是掉链子，从马拉多拉那个上帝之手开始，英格兰队的实力和运气老是不成比例。俗话说，风水轮流转，也该轮到英格兰队开和了。首场打巴拉圭队的那场比赛，贝克汉姆的任意球鬼使神差地让对方吃了一个乌龙，说明幸运之神在庇护这支饱受蹂躏的三狮军团。且英格兰队自1966年拿过世界杯冠军之后，就一直与冠军无缘，甚至与决赛无缘，漫长的40年熬一个冠军也算"最"有应得吧。

种种征兆在昭示英格兰队的冠军坦途，假如有什么障碍阻碍的话，那就是天敌——阿根廷队来坏了好事。

（题目借用了一个叫《三十三又三分之一》的新长篇的名字
在此向新锐作家阿罗悦致谢）

再挺英格兰的三十三又三分之一理由 ×2

刚刚看过英格兰队对厄瓜多尔队的比赛，说实在的，不精彩，远不如凌晨阿根廷队对墨西哥队的精彩，但有精彩表现的墨西哥队出了局，精彩表现的阿根廷队在苦熬了120分钟之后却要面对东道主德国队的PK，而悠闲的英格兰队却悠闲地等着荷兰队与葡萄牙队的苦战，然后将他们的胜者、历经血战才艰难获胜的胜者吃掉。

残酷的教训让埃里克松、让英格兰队为追求胜利、为追求冠军而放弃场面的优美，甚至不惜拖延时间完全放弃进攻，而追求实用的结果，这让很多的球迷和媒体会不满。记得1982、1986年的巴西足球队在桑塔纳的调教下踢出了优美得像芭蕾一样的攻势足球，至今还让人们怀念，但优美的巴西队始终得不了冠军，甚至连续两届连决赛都进不了，之后桑塔纳的继任放弃了赏心悦目的桑巴舞，用实用的不优美的足球连续在1994、1998、2002三届世界杯上进入决赛，两次捧冠而归。

这就是商业时代的竞技体育，优美而不实用，只是审美意义上的无冕之王，还不如一个平庸表现的冠军，甚至马拉多拉的上帝之手这样丑陋的表现并没有降低冠军的成色。我们应该理解英格兰队低迷的表现，因为他们有远大的理想——世界冠军，不只是埃里克松需要那样一座奖杯，贝克汉姆也需要，英足总也需要，英格兰的球迷也需要，全世界的英格兰球迷都需要。

不想当将军的士兵不是好士兵，不想拿冠军的球队不是好球队。问题是英格兰队的这等表现还能不能拿冠军？

我看有戏。

仿佛是天意，上帝有意让英格兰球员的状态轮流出状态，上一场贝克汉姆的状态受抑制，但"左贝克汉姆"乔格尔挺身而出，以一个贝克汉姆式的落叶球确保英格兰队以小组第一出线。这一场乔格尔受到了厄瓜多尔队员的特别关照，被媒体诟病的贝克汉姆不仅多次参与防守，瓦解了厄瓜多尔的进攻，而且以一记最典型的落叶球精制导弹般准确击败厄瓜多尔队，把自己的异常低迷的球队和低迷异常的队友送进了八强。

一个球员出色的状态就可以拯救一支球队。怕就怕一个球队在一场球的比赛将所有的队员的状态挥发光，到下一场没人有状态了，就像昨天的瑞典队，他们在前一场对英格兰队的比赛全队的状态何等好，但遇到德国队时就没状态了，拉尔森甚至连点球都踢飞。你也就明白贝克汉姆为什么会踢飞点球了，在踢点球之前他状态往往会出奇好。

一切都是天意，一切朝着英格兰队最有利的方向发展。欧文受伤了，鲁尼就可以合情合理地首发，贝克汉姆的状态受到质疑，但这一场他一人就击败了厄瓜多尔队，避免很多矛盾，而且在他的带动下，鲁尼的状态也慢慢蒸发出来，相信下一场必是鲁尼将英格兰队带进四强。

该鲁尼作贡献了！

腐朽的没落的资本主义踢法

法国队曾经是我钟爱的球队。我也是齐达内的忠诚粉丝。然而，我还是要批判这个已经垂死的没落的腐朽的资本主义球队。本届世界杯法国队从一开始就表现出的那种懒散的伪贵族或没落贵族的糜烂气息，不，在上届韩日世界杯上的对非洲队塞内加尔的首战中表现出来的漫不经心，就让人感到这是一支由无产阶级蜕变成的假资产阶级球队。

1998年的世界杯，长得像工匠的齐达内、巴茨以及更像流浪汉的图拉姆等无产阶级形象组成的球队击败了以贝克汉姆为代表的资产阶级球队，一举夺得世界冠军，圆了法国人的百年梦想，也宽慰了我们这些高卢公鸡和齐达内的拥趸。之后，法国队又顺利拿下欧洲杯等金杯，齐达内和他长得像工匠、流浪汉的队友们把世界足坛的荣誉尽揽。

然而，也就从那时起，法国的工匠们走起了贵族的猫步，在球场上不紧不慢，胜似闲庭信步，工匠们玩起了艺术，就错位了。没有血型和野性的足球，比高尔夫更庸俗。今天凌晨三点，我破例起床看了法国队和韩国队比赛，我以为法国会知耻而后勇，没想到在韩国队面前也好意思玩起防守反击的伎俩，是韩国啊，不是拥有罗纳尔多的巴西，也不是倾国倾城倾全球的贝哥哥，我都为6月5日陪练的朱广沪带领的中国足球队难为情，凭什么我们要收缩防守，不是一场热身吗？人家韩国队正式大赛都能压出去攻，打得法国队龟缩后场，我们压出去也就最多输三个吧？输球又输面子，莫非是受了中国队的传染？韩国队以一种大无畏无产阶级的方式把伪贵族的法国足球冲得一团乱糟。

年迈的齐达内和法国队防守策略自是足球的一活法，但工匠们的血液里流的应该是战士的血、愤怒的血、烈士的血甚至流氓的血，想换成绅士和贵族的血，并不像杰克逊换肤那么简单，在球场上背叛自己的出身，就会失去战斗力和想象力。这里的出身不是指这些球员的血缘出身，而是说足球本身就是无产者的运动，是与资产阶级格格不入的草根者的竞赛方式。这并不是说足球运动员全是穷人而没有富家子弟，而是说它的运动性质，就像共产主义运动不排斥像切·格瓦拉那样的贵族参加一样。

最具贵族气质的普拉蒂尼在1986年没有PK过充满流氓无产者气息的马拉多拉，马拉多拉的好处是钱再多也不把自己当贵族看，他永远的穷人立场成为广大球迷的偶像。最具贵族气质的普拉蒂尼在法国足球史上没有创造出工匠形象齐达内所创造的奇迹，虽然在退役之后普拉蒂尼可以当欧足联主席、世界足联的主席，甚至奥委会的主席，而齐达内连国家队教练都轮不上，这就是足球。

这就是足球魅力经久不衰的另一原因：穷人永远比富人多。

足球不仅是穷人运动，而且越来越像丑人运动，你看看巴西队的那些面孔，比工匠、流浪汉更酷，他们拿到了世界冠军理所当然。但是，这一届不行，他们如今踢的也是资产阶级的腐朽踢法，你看罗纳尔多的大肚腩，你看他们的慢节奏，你就知道这个球队与无产阶级的战斗精神远离了。

马克思在《共产党宣言》中有一句格言非常适用于世界杯上那些一无所有而奋进拼搏的球队：

无产者失去的只是锁链，得到的却是整个世界（杯）。

伟大的嗓门无处报国

黄健翔曾是我喜欢的足球解说员,他的激情而不掩饰的解说是对传统风格的革新,近年来黄健翔、刘建宏的解说渐缺新意,也许是由于两位大佬资源使用过度,补充不够,还是可以理解的。但今晨黄健翔在解说意大利队对澳大利亚队的比赛结束的刹那,不知道情绪为何如此失控,忘记了解说员的客观立场和中立态度,令人不可思议。

他仿佛解说的是中国女足和澳大利亚女足的比赛,那一个点球仿佛是孙雯罚进似的,而不是托蒂。

他仿佛是一个球迷,一个为本国球队胜负而心脏乱蹦乱跳,快要心肌梗死的疯狂球迷,事后他对张斌说,他不知道他说了些什么,不知道他做了些什么。可观众知道他说了些什么,他的潜意识一目了然。

可爱的黄健翔像醉汉一样,不知道他说了些什么。

他被世界杯灌醉了,被意大利队突如其来的点球和突如其来的胜利灌醉了。

球不醉人人自醉。

其实，我倒是希望澳大利亚队爆冷门的。小国打败大国，弱国打败强国，其实是有观赏性的，本届不是没有冷门吗？

澳大利亚队那么可恨吗？没觉得！

意大利队那么可爱吗？也没觉得！

不明白，不明白。

唉，要是中国足球队能参赛的话，黄健翔积蓄已久的无限激情或许就有了正确的去处了。

都怪中国足球队不参赛，害得健翔错把杭州当汴州。

空有一副伟大的嗓门，无处报国！

祖国啊！您伟大的左后卫在哪里？

别让世界杯成了欧洲杯

看球，有高兴的事，也有不高兴的事。

晚上看球颇费了一点周折，先是和几个朋友约好饭后到酒吧去看，然后又有朋友约到东直门一老乡开的茶家去看。我去了以后，老乡在吃饭，我坐一会，其他朋友又不来，我看时间尚早，就回家看了。打车回家遇大暴雨，只好从地下车库绕，才少淋雨，避免了落汤鸡。

看球时，雷声隆隆，不一会停了。听到了熟悉的声音，有些吃惊，解说阿根廷队和德国队的比赛，居然是黄健翔！不大相信，发短信问了朋友，得到确认，很高兴。一个队员顶进一个乌龙，不能把他开除球队。一个演员，演砸了一场戏，以后还得让他演。黄健翔大概也不愿离开足球。

央视的胸襟不小。

我不知道新浪如何让我成了"倒黄派"的，今天上午才知道。倒黄者，有让其下课之意图。非我意图，也不敢有此意图。我只说他的失态，没呼吁让他失业。后来看到郑也夫先生的表态，颇有同感，就不想多说了。其实，我的第二篇《黄健翔和郑渊洁引爆了什么》就强调足球的超越性，寓意自明。而新浪把我、郑也夫、胡戈相对中立的言论当作"倒黄"的"代表作",肯定也有自身的难处。

不高兴的事,是阿根廷队点球被淘汰。我有些偏爱阿根廷队,他们有活力,踢的是无产阶级足球,敢于进攻,无所畏惧,但被淘汰了。更重要的是,如果明晨法国队把巴西队淘汰的话(极有可能,虽然巴西队踢的也是保守的资本主义踢法,但法国队踢的是更老牌的资本主义),世界杯就成了彻底的欧洲杯。那多无聊。

无聊!世界杯越来越无聊,还不如上届的剧情复杂。

不写了,乘意大利和乌克兰中场休息的机会把它发了。

突然想起晚饭时,开的一句玩笑,要是让黄健翔解说意大利队对乌克兰队的比赛,就牛了!

差一点,央视就最牛了!

玻璃美人又碎了，一地不可捡拾的美丽

英格兰队又输了，输得那么令人绝望！

女儿破例打来电话，知我伤心，安慰我。她说她，居然看的是西班牙台，我说，你西班牙语都听得懂？她说，哪有那么快！看足球看得懂！

我说，输，有预感。

其实，比赛开始前，看两个队唱国歌时的神态，发现葡萄牙人异常自信。我突然有一种预感，葡萄牙今天要赢球。我的一个朋友因看我的博客成了英格兰队的球迷，短信说，葡萄牙很凶呀！另一个朋友也告我说，他押英格兰，我回短信说，和我一样。其实我心里有点虚。比赛的进程在奇怪裁判的安排下，不断朝着不利于英格兰队的方向发展，但英格兰队有血性，在鲁尼被误罚下场后，就像下象棋让条车一样，就像围棋让对方两子一样，沉着而冷静地对待命运不平等的安排。

赛前，鲁尼不能参战，再现玻璃美人命运之相，后来鲁尼神奇复出，我想此玻璃命已破。没想到欧文莫名的受伤，再次隐隐验证那个玻璃美人

宿命的到来。

　　应该说，现在的英格兰队已经不是当年那个玻璃美人了，贝克汉姆已经从一个帅哥变成了一个男人，一个大哥，而瑞典人埃里克松的绅士风度比英格兰人更加绅士，场上的队员以血肉之躯铸成了防守的长城，让多一人的葡萄牙队无从下口。就场上的机会而言，英格兰队破门几次近在咫尺，只是被葡萄牙队的妖门一一挡住。

　　那朋友焦急地不断要我预测比赛进程，我回短信：加时。又问，又回：点球。又问谁赢，我迟疑了一下，回了一个字：英。当葡萄牙人罚失两粒，我满以为比赛会按照我的预言出现理想的结果。我想玻璃美人快成钢铁巨人了。但是，妖门里卡多毁灭了这个巨变。

　　英格兰队的队员们可以把自己锤炼成铁人，但英格兰队摆脱不了玻璃美人的命运。在最后一刻，当少一人的英格兰队快要顽强地扼住命运的咽喉时，葡萄牙队的守门员里卡多又用他的黑砂手把英格兰队摁在玻璃美人的命门里。

　　碎了，巴西人斯科拉里和葡萄牙人里卡多砸碎了那个美丽的瓷瓶。

　　英格兰队命如薄瓷。

　　一地碎瓷。

　　一地的光辉。

　　一地不可捡拾的美丽。

　　这初夏的夜空中雨点闪烁。

足球与婚礼

七月一日，有一过去的同事结婚，邀我前去参加婚礼。夜里看足球，睡得懵懵懂懂，还没从足球的情境中走出来，就到了婚礼现场，发现热闹如球场，席间忽然觉得参加这婚礼有点像中国人看世界杯似的，没自己的事，还瞎激动。

世界杯叫豪门盛宴，现在的婚礼必找一家大酒店，大家伙撮一顿。同事的婚礼在中旅大厦，五星，自然是豪门。吃的有海鲜，有山珍，自然是盛宴。

看足球比赛，往往是双方的球迷到场，这婚礼也是双方的亲友团到场。

足球比赛，越精彩，观众越高兴，婚礼上，大伙儿也希望新郎新娘的节目越出彩越高兴。

足球比赛有裁判，这婚礼有证婚人。

最有趣的是足球有解说员，这婚礼不知何时有主持人这个角色。以前的婚礼一般都是由男方家中的长辈，比如舅舅，来主持拜天地的仪式。现在是由一个职业的主持人来主持，与男方无亲无故，与女方也无亲无故，但往往主持得激情澎湃，山呼海啸，高潮迭起，像中国的电视评论员评说世界杯，人家射门、点球之类的好事，没他的份，倒不知疲倦地喊破嗓子，可爱之至。

鲁迅先生曾批判中国国民的看客心理，此二例，虽是娱乐，倒也无害。

意大利夺冠：刘邦如何胜项羽

硝烟弥漫，战火纷飞，足球场不是战场胜似战场，不是舞台胜似舞台，精彩表演，激烈拼搏，曲终人要散，杯定球要停。大幕徐徐拉上，英雄各回各家。

世界杯又称大力神杯，获得了大力神杯也就是称霸世界杯，四年一度的世界杯其实就是武林的华山论剑，就是高手的巅峰 PK，也是绿茵新王者的加冕。

绿茵争霸，球场夺杯，要谋略，要思想，要用兵的智慧，要天时、地利、人和。

每届世界杯，总是有无数的英雄揾英雄泪，总是有无数的好汉让人扼腕叹息。

也总有一家捧得金杯归，笑到最后笑得最好。

大力神杯啊大力神，大力神杯的造型是双手托起地球，也就是拥有了整个世界。这是多少人的梦想，多少人的白日梦啊！

三十二路争雄，三十二路夺冠，一路倒下英雄无数，一路唱起的都是英雄的悲歌。

最后的霸主是英雄还是枭雄？大力神杯还是大力神丸？

这一届世界杯各队甫一亮相，人们就把目光聚焦到阿根廷队、德国队、荷兰队、西班牙队这些踢得虎虎有生气的球队身上，在他们身上，洋溢着青春、锐气和活力，是阳光、是草地、是鸽哨，没有人喜欢年迈而迟缓的法国队，没有人希望意大利队走到最后，更没有人愿意看到狡黠的斯科拉里带的葡萄牙队进入四强，我甚至把他们的控制节奏的慢吞吞的打法称之为"腐朽的没落的资本主义踢法。

然而，垂死的资本主义垂而不死，经验主义战胜了进攻主义，年轻的阳光的球队相继倒下，而有些阴鸷有些腐败的球队在慢热之后虽然有些猥琐但都混进了四强，要不是德国队和阿根廷相遇，四强可能全是这些看上去腐朽的球队。

英格兰队在这一届的表现完全没有打出前两届的气势和水平，但由于采取意大利式的老练的保守的防反打法，虽然场面难堪，但也混进了八强。但在更老练的斯科拉里面前，英格兰队就显嫩了，他们踢了一场本届世界杯最漂亮的球。却被淘汰了。少年气盛的鲁尼有项羽之勇，无刘邦之谋，率先中了红牌，败给葡萄牙队也就难免了。而法国队对意大利队的决赛，齐达内带领法国队踢出了雄壮而优美的男人足球，但意大利人马特拉奇使出的歪招让齐达内发生了黄健翔式的晕眩，让齐达内霸王别球，让法国队与冠军失之交臂。

这有些让人想起秦末的楚汉相争，刘邦和项羽是当时反秦的英雄，但后来两人为王位——那个时代的大力神杯，不得不来一次PK。项羽一表人才，力举千钧，横扫秦军如卷席，是赫赫有名的楚霸王，更拥有日行千里的乌骓马和美妙绝伦的虞姬，可谓集天下的好事于一身，得天下也是众望所归。然而，刘邦运用了类似斯科拉里的战术，在残酷的点球决战中淘汰了项羽，乃至项羽惊呼：非战之过，天亡我也！

贝克汉姆的命运有点类似项羽，技术超群，相貌美男，一脚如精制导弹般准确的任意球（乌骓马），风情万种的辣妹维多利亚（虞姬），如能高举大力神杯，将是力量和艺术、男人和足球的完美组合。然而，贝哥哥空有一身绝技，屡屡铩羽而归，和辣妹同唱垓下悲歌，望大力神杯而兴叹：悲兮，大力神，非战之过，天不助兮！

和项羽相似命运的足球英雄不只贝克汉姆一人，当年风度和球技绝佳的克鲁伊夫、普拉蒂尼、济科、苏格拉底都与大力神杯无缘。

教练有项羽命的最著名就是1986年的巴西队教练桑塔纳，他的艺术足球和进攻足球20年之后让人怀念，仍让今天的功利足球显得丑陋不堪，但他不能称王世界杯。

最像项羽的球队是荷兰队，世界杯因这个球队的存在而充满了悲壮，永远不知道保守足球和功利足球怎么踢，进攻、艺术、青春是荷兰队的灵魂，但在世界杯赛上它不断被刘邦式的球队打败，离冠军的大力神杯永远一步之遥。以至于荷兰人希丁克带的球队也充满了悲壮的进攻精神，决不像斯科拉里那样，带巴西队也坚持沉闷的保守打法。

或许历史无情，虽然司马迁把项羽作为与刘邦一样级别的帝王写进"本纪"，但足球史不能承认荷兰队是冠军队，不能说普拉蒂尼捧过大力神杯。而马拉多拉哪怕用上帝之手这样无赖举动骗得世界杯，但大力神杯上在记录阿根廷队时是不会这样加注的：全靠上帝之手。这也是世界杯越来越保守的原因，这也是刘邦的灵魂纷纷在那些夺冠球队附体的原因，过程美好，结果就很难美好。

观众喜爱项羽，至今《霸王别姬》仍在唱，从梅兰芳到屠洪纲。

大力神杯爱刘邦，封王封帝，一统江湖，至高无上。

谨以此文告别世界杯。

谨以此文向项羽式的真英雄致敬。

第六辑

门外论道

春天的期盼

世界杯无疑是足球的盛大节日,也是球迷的狂欢节。作为球迷,恨不能每天都有世界杯看,然而世界杯足球锦标赛,每四年才能看到一次。这四年中,新王会是谁,廉颇宝刀可老?都是灿烂无比的悬念。四年是一个最佳的时间间隔,每年举办不可能,也没有意义,不然它就等同于联赛;从时间的需求量来说,三年是够了,但正因为有了一年的空白,让人回味,让人心焦,便有了一种等待,便产生了期望的效应,使得好期而来的比赛显得弥足珍贵。我清楚地记得一个高三的球迷,为人看世界杯,居然置高考不顾,母亲责问他,他说,高考年年都可以参加,世界杯四年才有一次。四年作为一个轮回,好像是对应一年的四个季节。即将到来的'98法兰西世界杯,无疑又是一个迷人的春天。

为了备战世界杯预选赛,中国足球队参加了一系列的热身赛。在4月23日的中韩对抗赛上以2∶0再度输给了老对手韩国足球队,我已经记不清这是连续多少场对韩的不胜记录了。工体空旷的座位似乎早就说明了这场对抗的结局,要不这一天的上座率怎么会比不上平常甲A联赛的人数?环顾四周，我悲哀地发现，看球者的成员有了一个让人心凉的比例，就是青年人的比例在缩小，而中年人和少年、小孩的比例远远超过以往，那些昔日的青年观众到哪里去了？

初春北京的街头，四处游弋着青年男女，他们并不全是在谈情说爱，可就是冷落工体这昔日繁华地，让人顿生万千感慨。记得友人说起"工体不败"时的佳话，那时节小伙子约会女友，若多次不成，只要改在工体，女友必到，随着球赛的火热，青年朋友的热情也随之升温，从一般的朋友到同心同德的铁杆球迷，离牵肠挂肚的情侣也就不远了。不知道不败的工人体育场成全了多少前世姻缘，也不知道让人失望的工体又拆散了多少情侣。球场上的胜负荣辱，居然关系到爱情的阴晴圆缺，这是诸多足球文化论者所难以设想的。

1997年春天的和风从我头顶上柔情地吹过，我意识到这是北京短暂春天里最为迷人的气息，工体的草坪虽然没有亚平宁球场的茂绿，然而它意味着又一个难忘的春天已经来临。中国足球的春天何时降临？球迷们心头的冰块已经凝固得太久太久，冲出亚洲的春风快快刮起吧。

诗曰：
京城何处不飞花，
工体春深锁健儿。
国脚迈进法兰西，
绿茵雄起亚细亚。

特别球迷

1977年7月30日北京工体的夜晚，是一个平常的夜晚，可因为一个特别球迷的到来，这个平常的夜晚变得如此的不平静，工体的这个夜晚甚而进入了史册：邓小平带着家人到工人体育场去看一场国际足球友谊赛。

这是继他在1976年1月15日周恩来追悼会的一年半之后与公众的首次见面，这一年多的时间内中国发生了多少惊天动地的事情，他的复出是极其引人注目。1976年的4月之后，他受到"四人帮"的陷害，退出了政坛。粉碎"四人帮"之后，作为"四人帮"的仇敌，他并没有很快就重返舞台。直到1977年的7月，他才恢复了原来的职务，可以说他政治生命最辉煌的时候也即将到来。当然，他面临着拨乱反正的任务也异常艰巨。

他以怎样的一个姿态面对这一切？

不知道这一独特的出场方式是精心准备，还是随意为之的。但他这一独特的复出方式寓意是深长的。第一，他的出场不是在高高的主席台上，而是置身群众之中，同时并不是以一个领导人的身份去球场讲话或剪彩，而是以一个普通球迷的身份看球，既说明他对足球运动的特别爱好，又表明他是人民中的一员，是"中国人民的儿子"，同时表明是人民选择了邓小平。当然，他重新出山的新闻尚未正式宣布，他依然是一个平民百姓，也就是说这场球赛之后他再没有闲暇也没有可能以一个普通球迷的身份来到足球场了，因而小平同志特别珍惜这么一个机会，这么一个做普通球迷的机会。或许正因为如此，他才可能率先从终身制的岗位上退下来，做一个普通的百姓，做电视机前普通的球迷。二，人情味。他带家人去看足球，在十年浩劫刚过的那个特定时期是充满温馨的人情味的。第三，对外开放的姿态，虽然只是一场足球赛，但它是国际的，是中国队与国外球队的较量，因为众所周知，当时中国足球的水平与世界水平的距离并不比当时中国经济与世界发达国家水平的距离好多少，邓小平希望能看到的显然就不仅仅是赢的结局，当然还有差距。

更重要的是足球运动是一项高强度的现代竞技运动，小平同志欣赏足球运动，我想更看重它的对抗性，他应该欣赏它对人的能力的全方位考验。如果把政治舞台比作足球场的话，邓小平就是这个场上的灵魂，是能攻善守的多面手。他在一次又一次的高强度的激烈对抗中都能从容自若，处惊不变，作为一个锐利的前锋；他一次又一次突破对方的大门，作为中场队员，又能组织起一次又一次的进攻；作为守门员，在关键时候，他总能化险为夷，瓦解敌手一次次的进攻。因此经历多次的政治波澜之后，这一次至关重要的出场，他选择了足球场。这是一种象征，也是暗示。

遗憾的是中国足球至今还在亚洲徘徊，虽然香港回归他未能目睹，但这一遗愿很快就能实现。而中国足球冲出亚洲的梦想，至少现在还是未知数。望足球健儿争气，誓将遗愿化宏图，在世界杯上告慰已经去世的为中国足球事业作过努力的人们，和我们这些活着的普通球迷。

足球与围棋

中国棋圣聂卫平是个球迷。

韩国的围棋神童李昌镐也是个球迷。

有人曾跟聂卫平开玩笑说，如果让你到国家足球队当教练，你干不干，聂卫平并没有断然否认，而是说，足球和围棋虽然一个"投手"，一个"举足"，但道理都是一样的。

李昌镐看球也时有高见，1994年世界杯上，阿根廷队因为核心马拉多纳服药受罚停赛，从此一蹶不振，连四强也没进入，李昌镐说，马拉多纳被停赛，就像"棋筋"被人家吃了，当然没法踢了。

有意思的是韩国的足球也与韩国的围棋一样，都以"抢逼围"压迫对方，都以硬朗、剽悍的作风闻名于世。还听说中国围棋院的年轻人闲下来喜欢踢足球，不知道这是不是他们用来"长棋"的别一种训练方法。

看完10月10日（按中国的时间已经是10月11日凌晨的事了）中国队与科威队的比赛，让人马上联想到前一天马晓春对李昌镐的比赛，所不同的是中国足球队赢了，而中国的马晓春输了，中国队在最后的一分钟高峰射进一球艰难取胜，而马晓春则在官子阶段以四分之一子的劣势惜败。当然，话也可这么说，李昌镐以半目艰难取胜，科威特队在最后的黑色一分钟惜败。同是中国人，一胜一败，胜的是足球，败的是围棋，但胜者都有一个共同之处，就是以厚对巧，后发制人。

马晓春在江湖上有妖刀的绰号，而李昌镐有少年姜太公的雅号，因为李昌镐重视过程，更重视结果，有点迟尚斌式的1∶0主义。科威特队技术细腻，富有灵气，颇有一点马晓春式的轻盈和敏捷。而中国队赢球的过程有点类似李昌镐的胜棋程序，自从10月3日那场对沙特队开始起，中国就一改以往先发制人的进攻流，而将"棋"走厚，出人意料的派上五名后卫上场，并史无前例地让范志毅、徐弘、张恩华三员中卫同时上场，可谓慎之又慎，然而这种厚实是以失去"先手"为代价的，因而在上半场比赛时，虽然中国队先进了一个球，但场上限于被动，很快被对手扳平。然而，科威特队由于"行棋"太薄，到下半场就露出了种种破绽，进攻的主动权掌握在中国队手里，因为体能在上半场的提前预支，跟不上中国队的节奏，只得勉强支撑，最后疲于奔命的后卫再也堵不住快马高峰的致命一击，上演了"黑色三分钟"的悲剧。

黑色×分钟，在亚洲一直是中国队的"专利"，如今中国队脱"黑"致胜，将这黑帽子奉送给对手，就因为中国队在"球理"上有了进步，球理亦即棋理，也就是毛泽东多年以前就用过的十六字方针：敌进我退，敌驻我扰，敌疲我打，敌逃我追。

韩国之鉴

韩国队的第一场比赛输了，他们极不情愿地输给了墨西哥队。韩国队在亚洲是最多闯入世界杯决赛的队伍，但是他们在世界杯上居然一场未赢，这次车范根要进行零的突破，力争在墨西哥队身上全取三分。然而，韩国队的梦想破灭了，而且输得很惨，以1∶3败北。

有人把韩国队的失败归结于裁判的红牌。不可否认，奥地利裁判班科的那张红牌使韩国队少了一人，一下子陷入攻不得、守不得的被动局面。正像诸多媒体说的那样，河锡舟在那样一个地点犯规而吃了咋牌，不是得不偿失的问题，而是毫无必要。有人为韩国队惋惜，说是领先之后痛失好局。其实，这话不可信。因为从当时场上的局面看，韩国队并不比墨西哥队好，而是处于被动，河锡舟任意球得手有很大的偶然性，是碰到后卫头上改变线路进入球网的。右河锡舟进球前，韩国队基本挨打，河锡舟入球后韩国队仍然被迫防守。场上的形势说明韩国队并不具备取胜的条件，他们处于劣势。如果他们能取胜，只能归结于幸运之神，而不是他们的真正实力。可以说韩国队实际输得不冤，因为这是他们实力的反应。

我在韩墨之战的时候老是将韩国队比作中国队，设想中国队在当时的情况下会取得怎样的结果。因为中国足球现在基本上走的是韩国队的路子，这不仅是因为中国甲 A 队主教练兴起一股韩国教头热，更重要的是中国队至今仍把韩国队视作亚洲的头号敌人，为了消除恐韩症，中国足球采取了以子之矛攻子之盾的方法，可以说正全面韩国化，但韩国队在世界杯上走过的历程值得我们深思，他们虽然在亚洲称雄多年，但一到世界杯上就丧失战斗力。

因此，我想为中国足球的韩国热泼一盆冷水，前车之辙，当可鉴之。韩国队虽然在亚洲有他们的优势，但这种优势是建立在体能、力量和拼劲的基础上，并不是建立在技术的基础上，因而当韩国队碰到那些体能、技术和拼劲都很足而技术又好的队伍时，他们就会一筹莫展，比如墨西哥队就让他们吃尽了苦头，反过来他们如果碰到那些技术差些但力量和身体都出色的纯英式打法的球队，也得不到半点好处。这也正是韩国队参加多届世界杯而未能赢球的根本原因所在。

由此我们可以重新思考一下中国足球的定位，至少，韩国队的路子走不得，韩国队在世界杯上多年的实绩再度说明，它是有严重缺陷的。中国队屡屡败给韩国队，不是韩国队的打法先进，而是中国队的足球观念过于陈旧。如果我们仍然以急功近利的态度来模仿韩国队，即使有朝一日打败了韩国队，在世界杯上也还会空手而归。相反，沙特队和日本队的经验倒值得借鉴，他们在与欧美强队对垒时虽然在身体上吃亏（这是没办法的事），但由于技术并不逊于对手，因而虽败犹荣。更何况沙特队上一届还有进入十六强的好成绩，日本队也在奥运会上击败过巴西队，中国足球要以此为镜，好好制定自己的发展战略，要不然，还会再度与世界杯无缘，再度成为局外人。

关键时刻

现在有一本书很火,叫《关键时刻》,它是以"中国问题报告"的副标题出现的。这本书的内容并无多少新意,但由于第一次将"当代中国亟待解决的 27 个问题"放到一起集中加以论述,因而颇有市场效应。

中国足球现在也到了一个关键时刻。

如果说十强战之前,光是从"世纪"性的这样一个抽象的符号起认识它的时间意义(本世纪最后一次冲击世界杯),那么球到这个份上,到了真正的关键时刻……拼一下就有可能微笑在法兰西,软一下就会再度离那个梦寐以求的目标只有一步之遥成天涯。

现在人们想到是中国队以小组第二的身份出线,去与 B 组的第二名或澳大利亚争剩下的名额。但没人想到中国队以 A 组第一的身份直接出线,因为伊朗队在被沙特阿拉伯队击败之后,已不再稳拿小组第一进军法国了。下一战面对再也输不起的科威特队,伊朗队并不容易对付,弄不好还会再度告负,因为上一役科威特就差点将伊朗队拉下马,这一次科威特与上一役的沙特队一样是赤脚不怕穿鞋的。小组积分第一的负担和败给沙特的阴影，会让伊朗队的心态发生变化，弄不好，就会有闪失。

假如伊朗负于科威特队，它将难以位居小组第一。

假如伊科踢平了，它也难以位居小组第一。

到时有希望争第一的将是中国队和沙特队。

当然只是假设。但目前的形势可能是近十年来中国队冲击世界杯能够获得的最有利的地形了，也可以说是命运对中国足球的最大厚爱。因为命运对中国足球太刻薄了，屡屡捉弄，屡屡戏耍，先是1981年被净胜球挤走，接着是"5·19"阴沟翻船，接着高丰文"黑色三分钟"折戟，而后施拉普纳带着中国球迷在成都欢送伊拉克小组出线，戚务生执掌国家队之后，也一再被调笑，最有趣的是亚洲杯上先是被想平局的日本队不小心击败，之后又无缘无故受叙利亚之"贿"——他们在小组出线无望的情况下硬是赶走乌兹别克，让中国队进入八强，而后争夺四强时先进沙特两球，然后"倒脱靴"（围棋术语，先让人家吃子，然后吃人家更多的子）还了人家四个球，让人哭笑不得。而这一次，命运似乎在捉弄他们在帮我们，所以中国队一定要有这种奇异的敏感，树立信心，在余下的战斗把目标定在全胜和小组第一这样的理想上，这样既可放心地去搏，不再看他人的眼色行事，一心无二用，另一方面也有利于全队统一思想，在制定战术和使用队员时会更明确指导思想，不再犯前两役攻守不一致的错误。也不要想在净胜球上做文章，那将会自取其辱，下一役1：0拿下塔尔就行。

更重要的是，球踢到这个份上，实力和水平固然重要，但已经不是唯一的，谁能够咬得住，谁就是最后胜者，这就像拳击比赛一样，打到最后不仅是技巧和体能，而是毅力和意志，中国足球队历次冲击世界杯未果，往往都是在有利的情形下失去机会的，比如打平可出线就是打不平，比如上一次第一轮对伊拉克也是起初极为有利的情形下而后被也门击败之后变得没有退路的。而这一次，西亚几个队好像在变出各种招来帮中国队，大有非要送中国队出线（到法国）才罢休的意思。

　　中国队一定要珍惜这样的好机会，千万不要自暴自弃，为迷惑对手，低调是需要的，但目标千万不能低，要用最美好的前景鼓舞士气。

平局难踢

攻势足球富有魅力，可足球的魅力并不仅仅在于进攻，足球的魅力还在于防守，一个攻守兼备的球队才能创造出好成绩，一场光攻不守的球赛肯定不如攻守均衡的比赛精彩。因而攻守这对矛盾的转化便成为足球胜负的关键。

与其他球迷相比，足球的魅力还在于可以在一场比赛中不分出胜负，这是篮球、排球、网球、羽毛球、乒乓球之类大小球所不能比拟的。因为有了平局，使足球不仅是一个一个局部的匹夫之勇，还有了更多的智慧和谋略。主教练在选择对手和采用战术时就有了更大的空间，一场比赛的结果可以有胜、平、负三种选择，主帅可以根据不同的对手来制定不同的作战方案，需要胜时固然不能输，不需要胜时求平也是一种上策，当然除了特殊情况下求输以外，胜或平是最基本的选择。纵观中国足球队近十多年来的征战史，战绩不佳的原因很多，但有一个是被人忽略已久的毛病，它在平常的训练甚至比赛都不易察觉到，但每到关键时候就发作——就是需要踢平的场次不能踢平，每每断送好局。

著名的"5·19"本是中国队求平小组就出线的比赛，可结果为了求胜反而落败；徐根宝在上届奥运会亚洲预选区决赛最后一场对韩国队的比赛中只要踢平便可拿一奥运会的入场券，可开场不久就连丢三球；无独有偶，四年之后同在默迪卡体育场，戚务生带的国奥队又和韩国队小组相遇，又是只要踢平就可参加六强决战，虽然未见得就能冲出亚洲，但毕竟与后来参加亚特兰大的韩国队、沙特队、日本队的机会是均等的。遗憾的是中国队又被老对手韩国队攻进三个球，自己一个球也没攻进，再度饮恨。

如果说前几次中国队不会求平的弱点尚处于隐性的话，那么此度中国队在亚洲杯上将这一缺陷暴露无遗，小组最后一场与日本队相遇，是双方求平的比赛，与前几轮中方求平对方求胜的面局大不一样，可中国队硬是不会踢这种走过场的"表演赛"，因而最后几十秒输球就不是偶然的了。因为踢平并不意味着不踢，也不是意味着单纯防守不进攻，踢平意味着要攻守得当，攻要攻得恰到好处，守也要守到恰到好处，要善于把握住对手的心理，使自己处于主动的地位。比如这场对日本队的比赛虽是大家都"以和为贵"，但中国队一开始便把主动权拱手让给对手，使得日本队想攻就攻想守就守，如果中国队做出一副对攻的架势，将求胜或求平的主动权握在自己手中，或许有可能战胜日本队，至少通过刺激日本队，使中国队的队员保持某种警惕状态集中注意力，而不致于精神松懈输掉这场球。

有人将中国队这种不会求平的缺点归结为心理素质的问题，但归根到底还是平常缺少这种练习和准备。历届的国家队教练都从没想过如何在比赛中踢平对手，只训练队员如何去赢球，而导致跛足，要么赢要么输，就是不会踢平。解决好这种跛足的现象，将是中国足球腾飞的前提，否则还会有"5·19"、"黑色 × 秒"。

折 磨

中国的球迷正在受刑，正经受着另一种非身体上的严刑拷打。这种精神的刑罚是漫长的。

自从1981年开始看世界杯预选赛，我就开始遭受这种精神的刑罚，时过16年至今未能"刑满释放"，至今我和球迷还在戚务生"典狱长"的折磨下"服刑"。

如果说，在十强赛之前，我们更多还是一种期待的话，从兵败大连金州体育场开始的那一刻，剩下的便是折磨了。明知道中国足球队冲出世界杯已经无望，可八场比赛才踢了一场，那结果就揭晓让人有些心不甘，还是等待第二场与卡塔尔的结果，如果输了，后面的比赛就不会更让人牵肠挂肚了，反正出不了线，又何必去关心呢？然而，中国足球队的将士们非要把这折磨一点一点地让球迷消化，不是一次性的爆发——没有输给卡塔尔，而是客场与卡塔尔1∶1和局。这和局虽然离那个结果又近了一步，但还有一步一遥。因为接下来10月3日中国队的主场万一赢了，万一伊朗和沙特又有个闪失输给了卡塔尔，中国队不就可以再搏一搏吗？

于是新的一轮期待、新的一轮折磨又开始了。虽然这一次心情要平静而淡泊些，心跳没有过去那么紧张急切，但它对人心理上的"蹂躏"的强度可能更要大。因为这一场再不赢，中国队就彻底告别1998年的世界杯，而球迷的期待也就此终结了。虽然期待的终结也意味着折磨的终结，但希望在这么短的时间内就变成了绝望，未免太残酷了，从希望到绝望居然没有一个心理过渡期，我们只有埋怨西亚诸强下手太狠了，太无情了。因为我们不能埋怨国家队教练组，我们不能埋怨国家队员，我们不能埋怨足协领导，只有恨西亚的球队和他们源源而来的石油，我们无力要求国家队提高水平，而只有诅咒西亚球队的水平在一夜之间降下至与中国的乙级队一个档次，我们甚至不能要求换教练，而只有说败军之将亦可言勇。

这就是中国足球，这就是备受折磨的中国球迷的命运。

其实，戚务生受的折磨，并不比我们少，王俊生受的折磨也不比我们少，范志毅受的折磨也不比我们少，他们在场上要受西亚球队的侮辱，在场下要承受球迷的责难，还要承受他们亲人以及亲人周围比利剑还要尖锐的关切和疑惑的目光。他们的心理比我们还要累，还要脆弱，我们又怎忍心在伤口上撒盐呢？

中国足球成了大众文化的一道醒目的伤口，一道永不痊愈的伤口，它不时地在滴血，又不是地在化脓，还不时地流泪，让人欲说难休，让人又爱又忧，又恨又愁。我们真的会一无所求？

痴情球迷无情球

还能说什么？

先进两个球，再输四个球，世界杯外围赛亚洲区十强赛，中国队在首场大败，让人失望至极。被看作风水宝地的金州并不能保佑中国足球队的前程，虽然有球迷喊出戚务生下课的口号，但只是发泄愤怒而已。戚务生还必须坐在主教练的位置上，带范志毅们和英国顾问去征战西亚。这一去，凶多吉少，中国队的战袍能否少几粒弹孔，能否完身归来让人心忧。中国足球踢到这个份上，该是球迷心灰意冷的时候。奇怪的是球迷的心不冷，他们又开始了新的一轮的期待。他们把目光又聚集到下一轮了，并继续一如既往地痴心等待。有球迷说，这一战（指9月26日对卡塔尔）是关键，因为输了，中国队下面的比赛就纯粹是陪公子读书了。但是这一场赢了又怎么样了，中国队还有六场比赛要打，六场能全取吗？六场能保持不败吗？又有哪一场比赛不关键呢？

这些痴心的球迷啊。

痴得让人心里发颤。

虽然中国足球队屡战屡败，甚至有王小二过年一年不如一年的感觉，然而球迷的人数没有减少，球迷的热情没有下降，反而更加悲壮，反而更加忠诚，更加疯狂了。有人说，中国有世界上最高水平的球迷，却连三流的球队都没有。这种巨大的反差对应着长期徘徊不前的中国足球，更让人心情复杂。因为国家队在一场并不重要的比赛中小胜了一场，球迷们的赞誉就如暴风雪一样刮起，这些球员一个个都不知道自己成了什么等量级的人物，就和刘德华、张学友这些"四大天王"们一样牛气，个别人甚至不知天高地厚，俨然成了大牌球星。这无疑宠坏了这些队员，另一方面由于球迷寄予了过大的希望，到关键比赛的时候，这些队员又心理压力过大，怎能以平常心来参加比赛？

黄健翔在一篇文章里说球迷心太软，该冷落时反而更加热情更加迂腐，让中国队的每场重要比赛弦都绷得过紧，以至输得不堪时才出来骂娘。等骂完娘又继续宠爱有加，恨不能连心都献出来。可光痴心又有什么用呢？12亿颗火热的心，也抵不上11名能征善战的球员。足球不像打仗，它不能让对手陷入人民战争的汪洋大海之中。球迷再多再火再疯狂，也不能促进足球水平的提高。这是球迷不愿接受不愿面对的严峻事实。

不过球迷总是索然无辜的，谁也无权谴责他们，足球运动经久不衰的生命力并不在球星身上，而在那些痴情的球迷身上。

两负伊朗说明什么

中伊两队在德黑兰决战的比赛我是在石家庄看的，那天晚上我们几个人为比赛的结果打了一个小小的赌，猜错的一方请客，我明知道中国足球队会输，还是感情用事，将宝压在赢的方面。我压宝错了，可压对的苏童在赛后并没有获胜的欣喜，甚至比我还要愤愤。结果是谁也没有请客，大家"抬石头"吃了一顿饭——在恨铁不成钢和调侃中。

这是第二次输给伊朗队了。

这是中国队连赢两场的情况下输球的。

两输伊朗说明什么？

有人将这归之为统合实力不如人家，中国的实力是不如他们，但足球是圆的，足球场上的优劣是可以转换的，并不是一成不变的。论综合实力中国队不如沙特队，可赢了他们，论综合实力，中国队要好于卡塔尔队，可赢不了他们。可见实力是一个有水分浮动的变数，而不是常数，这次世界杯欧洲赛区外围赛出线的队伍就并不都是实力最强的球队，一些二流的队伍也跻身在决赛圈，就更说明"弱国能够打败强国，小国能够打败大国"

的真理。再说即使实力逊于人家，也不会有如此大的距离，第一次2∶4，第二次1∶4，两战八个洞，越打越糟糕，指挥部有不可推卸的责任。

错在用人。在飞往石家庄的航班上，我和苏童谈到这场比赛用人，苏童说，上黎兵和姚夏肯定就输了，我说，区楚良也不能上，上了还会犯上次的错误，他的心理负担太重了，应该上江津。然而，电视打开，姚夏和区楚良出现在场上，一种失败的预感涌上心头，果不其然，两分钟下来，区楚良大门就失守，这时候换上江津顶替区楚良，然而换上的是黎兵，我们几个人知道此战中国队将会以大比分输。原因是极其简单的，上一场的阴影在这几个人心里尚未散去。

错在阵形，与前几场一样，中国队在此场比赛用的还是"451"，这一阵形帮中国队赢过两场。然而就是这一阵形使中国队输给伊朗的，中国队教头如此抱残守缺，让人失望。伊朗队虽是西亚队，但与沙特和科威特风格迥异，是一个准德国队，中国队以不变应万变，焉能不败？"451"表面是一个防守的阵形，但伊朗队吃透这一阵形之后，对阵下药，以"352"应招，使中国队中场不占优势，由于中国队只有一个前锋，伊朗队的后卫大胆压上，成为一个潜在的前卫，实际形成了巴西人在1982年创造的"262"模式，这也就是中国队为何中场受阻，大比分落败的原因，设若让高峰上场改打"442"，在左边让2号马达维基亚忙于纠缠"浪子"，他哪会有时间助攻到中前场？

这两错说明教练组思维僵化，缺乏应变能力。

当一回场外教练

  中国足球队为冲击'98世界杯，正苦苦征战，虽然至今未失一场，可球迷专家也有些不满，记者虽然不大敢说泄气话，也是有想法的，而戚务生和队员就以看结局来安慰自己。症结何在？我看不是指导思想问题，也不是球员不努力的问题，关键在于主力阵容有问题。现在的主力阵容没有让队员人尽其力，发挥所长，而是有力使不上，队员上场有一种互相受抑制的感觉。为了发挥每个队员的长处，本人拟了一个阵容名单，不想让戚、迟、金三位教头采纳，而是给球迷一个谈资。

  阵容当然是"442"，守门员依然是区楚良，中卫张恩华、毛毅军，左后卫孙继海，右后卫李明，后腰李铁，左前卫马明宇，右前卫郝海东，突前前卫张效瑞，前锋范志毅、李金羽。这个阵容多少有些让人吃惊，但却是一支能攻善守的队伍。先说李明由前卫改为右后卫，这一方面是近来的右后卫位置吃紧，魏群能攻轻守显然不能作主力用了。毛毅军顶替上去，虽兢兢业业，基本没出什么漏洞，但这是以消弱右路的助攻为代价的。国家队这几场进攻乏力，与毛在助攻能力不强相关。根据以往边锋改边卫的经验（谢峰、凌小君成功客串边卫），让力量和身高都不错的郝海东当右后卫的念头曾在我的脑子里闪过，但郝海东没有防守的经验，不可试用。而李明的力量、速度、体力、意识都不错，能攻善守，一直是国家队不变的绝对主力，但他在前卫线上更多是抢断、阻截，虽然也套边传球，但主要还是一个防御性的前卫，到了右后卫线上，这些特点他尽可以自由发挥，而他的技术稍粗、不善组织的缺陷就不会成为问题。李明的位置由郝海东来代替，就是让郝海东兼顾组织，有边锋的性质，郝的防守虽稍差些，但前有范志毅抢，后有李明堵，不会有什么大问题，再加之郝海东去年在八一队有当前卫的经验，他不会有生疏之感。张效瑞在6月1日的中土之战下半场一露面便显出将彭伟国取而代之的自信，他的组织、技术、意识、远射、体力都足以与彭伟国抗衡，更重要的是他与李金羽的配合虽不是梦幻，但却是心有灵犀的，6月1日让戚务生逃出"5·19"噩梦的那一球就源于他与李金羽的默契。

　　让马明宇当左前卫，而放弃隋东亮，一是马儿的状态委实不坏，二是为了生态平衡，如果让健力宝四员全上场，他们会自觉不自觉地粘球，影响进攻的速度。因为国家队不可能走"健力宝"的路子，"健力宝"只有融化到现有的国家队中才有作用。这个阵容看来是为国解放范志毅，强化攻击力，其实也是为了更好的防守，因为现在的中卫张恩华和范志毅都是助攻的好手，而一不小心就会被对方偷袭，让中规中矩的毛毅军"钉"在后边，免得对方快速反击，让区楚良一人唱空城计。如果我方领先，范志毅回撤，高峰上场打"快反"。

　　当了一回场外教练，不知有几个赞同。

防守的问题也是素质的问题

十强战的硝烟虽已散尽,但人们对它的总结并未停止,中国足协有一份总结,球迷也有总结,这些总结有深有浅,有对有错,也只是总结而已,因为谁都知道足球成绩不是总结出来的,再好的总结也不如一场关键性的胜利更有价值。虽如此,还是要说,还是要总结,球迷乐趣也就在这里。

说说防守的问题。

十强战之前,人们担心的是右路的防守,因而攻大于守的魏群离队,申花队的毛毅军一跃成为主力,但到真正比赛的时候,毛毅军又沦为潜补。应该说毛毅军作为右后卫,几次上场都能尽职尽守,并未有多大的失误,在客场对伊朗时还攻入了一球,为中国队挽回了一点面子,要不然0∶4是太难看了。中国队在八场比赛中都进了球,应该说进攻能力是不差的,可丢球更多,奇怪的是所丢的球并不是在右路打入的,而是从左路打入的。

就防守能力而言,谢峰不如孙继海,可谢峰镇守的右路虽有几次回防不到位,可并没有导致城池失守,这让人有些看不懂。

其实，也不难懂。谢峰之所以能够保住右路不失，恰恰不是国为他的防守能力比孙继海好，而在于攻击力强于孙继海。记得首战对伊朗时，对方就是强攻中国队的右路，从而导致中国队的防线失守的，对方之所以敢于投入兵力强攻右路，就是因为毛毅军不能给对方的球门造成更大的威胁。都说进攻是最好的防守，就是因为毛毅军不能给对方的球门造成更大的威胁。都说进攻是最好的防守，可用起来就不知道这个简单的辩证法了。幸好中国队及时调整思路，谢峰上场之后，不仅进攻打活，防守也稳定了。但或许是我们过于信任孙继海的防守能力了，我们始终没有想到在左路加强攻击力，特别是左后卫出其不意的攻击。直到孙继海两张黄牌不能上场，才想到吴承瑛火速入帐，但由于区楚良不在状态，范志毅等人的缺席，吴承瑛也是孤掌难鸣。之后，力战卡塔尔时，吴承瑛又没有上场，使得对方轻易地在左路组织进攻，找到了中国队的软档。

　　十强战的失利，有很多问题可以说，防左与防右的关系，只是一个具体的战术使用问题，但暴露了一个严重的问题，就是教练的战术素养不高。这或许是中国足球再度饮恨的原因之一。第一，不能因队排阵，非常机械地使用队员。第二，在具体战术部署上，不懂辩证法，不能弄清攻与守、左与右、胜与负的辩证联系，不能以我为主，不能扬长避短。最明显的例子，就是主场对卡塔尔进了一球之后，让彭伟国替下李铁，使中国队本当防守的阵形，成了古怪的"424"（郝、高、彭三前锋，范的状态亦是前锋），结果中场形同虚设，帮卡塔尔取胜。

　　这根本不是什么定位问题，而是素质问题。

"身体"热没热

中国足球队从 8 月份开始为十强赛做准备,到英国和英伦诸队进行了比赛。在取得了不败的战绩之后,又前往汉城与韩国进行第二轮的对抗赛,之后回到国内找哈萨克斯坦队进行了最后一次演习,热身准备便告了一个段落。

评价这次热身的价值其实要到十强战结束后才可进行,但球迷都是急性子,现在的看法只是一种估测而已。中国足球队此次热身的对手有强有弱,有真打也有假打,强者有阿森纳这样的英超豪强,也有韩国队这样的亚洲雄师;弱者则有准业余队的乙级队,也有号称强者,实是此次十强中的鱼腩之旅的哈萨克斯坦队。中国队在这样一堆等级风格相差甚大的球队身上未能输球,应该说令人可喜。特别是中国队从 1996 年屡败屡战的阴影中找到了胜利的感觉,提高了队员的自信心和荣誉感,如果热身的结果不是胜,让队员哭丧着脸去与伊朗队进行第一场比赛,肯定会造成士气的低落,影响水平的发挥。由此看来,热身不败是极有收获的。另一个收获就是由于各种阵式的演练,使中国队找到了新的阵形"451",这种似守实攻的阵式凭直感非常适合现在的中国队。戚务生打过"352",也打过"532",都因后卫助攻的失误屡屡被对方攻破城垒。后来也打过"442",但这种阵形要求每一个位置上的队员都能尽职到位,而没有了彭伟国、胡志军以及高峰与曹限东的"梦幻组合"之后,"442"的阵式便显出攻不得力,防不胜任的毛病来,因为"442"这种传统阵形需要的是中场有一个核心,而中国队的中场至今也没有一个容志形式的人物,中场无核心便造成三条线的脱节。而放五名前卫到中场,实在是"因材施教",因为中国队的前卫没有尖子,运用整体的力量来重铸中场筋骨,"腰部"坚强之后,便可发力。因为中国队队中并不乏体能好、速度快的拼命三郎,于根伟、姚夏、郝海东等都可在上半场和下半场疯狂冲击对方的阵形,在防守上他们收缩回去,便是"532"这样的稳固防守的铁桶阵。这是天赐戚务生的一个"八卦阵"。

但这次热身的另一个遗憾是中国队并没有真正"热"起来,由于没有遇到最强劲的对手,或者对方以漫不经心的态度处理这些中国队看似重要的比赛,使得中国队所受的锤炼并不大,这对于一个即将出征的队伍来说,是一个缺憾。也就是说并没有真正接受大赛的考验,这对于一些年轻队员来说不太有利。另一个让人感到忧虑的是,主力队员虽有确定的迹象,但不能算理想,特别中国队改阵"451"之后,这"1"由谁来踢是个大难题。试阵的结果说明,黎兵肯定不能胜任。郝海东、高峰是边路人才,李金羽现在尚不能给人擎天一柱的感觉。而"451"的精华就在于这个"1"字上,他或者能单骑闯关,或者能牵制后卫,吸引对方的防守力量,为前卫扯出空档,制造机会。否则,就是一个求平怕负的保守型阵式。

输出老茧来了

好多年以前,如果苏永舜那一届国家队不能说输的话(遭了人家的暗算),那么从1995年的"5·19"起,就有人们说,中国足球已经输不起了。可是中国足球依然输。苏永舜的输还是比较体面光彩的,因为那一届中国队毕竟半脚已经跨进了世界杯的大门。之后的中国足球队就有些王小二过年一年不如一年了。曾寻麟的队在小组赛上输给了香港队,紧接着高丰文的队伍因"黑色三分钟"也折戟沉沙。徐根宝通过民主竞选当上主教练,没想到成为中国足球历史上任期最短的主教练,还没来得及指挥一场比赛,就因为他带的国奥队被人算计而未能进军巴塞罗那而很不情愿地交出国队帅印。接着,施拉普纳的到来,除了为中国足球增加了幼稚的文学性和哲理以外,对中国足球地位的提高难说有什么具体的贡献。

如果说施拉普纳给中国足球带来的是文学性的话,那么戚务生带的这支队伍在最近亚洲杯上则上演的是令人哭笑不得的闹剧,足球的魅力之一在于它的戏剧性,马拉多纳在上届世界杯让阿根廷队充满了悲剧色彩,巴西队点球击溃意大利则是喜剧,悲剧和喜剧甚至闹剧多让观众开心,可如果自己的球队在闹剧之中担任主人公，球迷就很难受了。中国足球队在这一届亚洲杯上扮演了这一角色，尽管这是中国队情愿的，但还是被人家没有敌意的玩了一把。这已经够闹台的了，没想到叙利亚为了己国足球的形象，硬是将稳操出线券的乌兹别克拉下马，送中国足球一个大礼——叙队用这样的方式回报以3∶0击败自己的中国队，让多灾多难的中国足球史上再度"蒙耻"，也让中国球迷记住了本不该记住的这样一支西亚球队。

中国队此次亚洲杯的赛前曾制订一个纲领，叫宁愿悲悲壮壮如何如何，也不窝窝囊囊怎么怎么，可现实仿佛成心与中国队过不去似的，既不让你窝囊赢，也不让你悲悲壮壮，但让你窝窝囊囊进前八。

不管怎么说，中国足球已从输不起转到了输得起，从体育运动的规律来看，这也算一种进步，但这种进步实在并不是缘于体育观念的更新，而是因为中国足球实在是一个扶不起的阿斗，中国队实在没法赢才会如此不怕输，输惯了，都输出老茧了，还怕输吗？中国足协在此次亚洲杯比赛前甚至一反常态，没有给教练下达具体指标，够大度的了，甚至说宁愿悲悲壮壮地输，这"求败"的信号说明本已经很委屈，可戚务生连输得漂亮一点悲壮一点也不能做到，所以就已没有什么好要求的了。

虎头蛇尾的赛制

本世纪最后一次进军世界杯的机会，亚洲诸强谁也不会放过，因而在确定决战的地点时，居然争论不下，官司一直打到国际足联。经国际足联的裁决，有了分晓。主客场制，分AB两组，小组第一名出线，小组第二名交战再分一席，败者与澳大利亚去争夺最后一张法兰西的入场券。

这样的格局好像谁都满意，未见谁提出疑议，其实它除了篡改十强赛的本质外（现在似乎不能再叫十强赛了，只能叫世界杯外围赛亚洲区的决赛，因为原先十强聚到一起，而现在只是各扫门前雪了），还隐藏了一个潜在的不公平，就是此小组的第一个不用与彼小组的第一、第二相碰就获得出线权，不符合公平竞争的原则。由于这一次分组的两个种子队是由上届世界杯的参赛队充任的，这就有了很大的局限性，众所周知，足坛风云变化，四年间弱队变强队，强队变弱队，可以说是家常便饭，如今国际足联的排名榜上排在亚洲第一第二的就没有韩国队这个种子队，而非种子的日本队倒是排在最前列，也就是说明种子队未必就是"种子"。既然如此，小组第一出线就可能带有某种偶然性。这一次分组，由于采取自由抽签的办法，不可避免地造成了某种局限，如果让中国队和阿联酋队换一下位的话，整个 B 组就是西亚共舞了。现在赛制的缺陷，就是让 A 组和 B 组捡到一个便宜，它们至少有一个队可以出线，而这个出线的队伍未必就能战胜另一个小组的第一名和第二名。举例说吧，在前不久举行的亚洲杯上，进入前四强的是清一色的西亚队，这些西亚队分别淘汰了东亚诸强之后才进入四强的。而现在的这一赛制，怎么也不可能出现亚洲杯西亚队雄踞四强的局面，某种程度是让有些队受到了"关照"，虽然这种关照的概率只有 1/16 甚或 1/32 的可能，但既有可能，就意味着不公平的存在。

奇怪的是没有人对这种明显的不公正赛制提出疑问和诘难，官员如此，记者也如此，教练和队员也就更是如此了。或许是有人说公正和公平总是相对的，但这种赛制只要稍作变动就可以变得公平合理多了，就是 A、B 两组的一二名产生之后，可以采取单循环制，或者由 A 组的第一对 B 组的第二、B 组的第一对 A 组的第二，最后决出一至四名，每个队将小组赛的成绩带入总决赛（取两场比赛的成绩之和）。这样尽管多赛了几场，但要公平，也精彩多了。记得去年争夺亚特兰大奥运会的入场券时，亚洲区的八强决赛就采用了类似的方式来产生三个名额的。

不知道国际足联和亚洲足联是怎么想的，他们既然不厌其烦地将原先的赛会制改成现在的主客场制，以求得最大公正，就应该毕其功于一役，不应该虎头蛇尾。因而他们对待那半个名额的处理实在是过于潦草，或许他们觉得那半个名额争不过澳大利亚队，就索性不去费那个闲心思了。这只能是亚洲足坛的悲哀。

年终结算

眼看 1997 年就要过去，按照习惯，要做年度总结。回顾过去是为了展望未来，虽 1998 年我不想再开体育类足球类的专栏文字了，但作一个年终结算还是很有必要的，看看是"透支"还是"盈余"。

先说这一年的感受。以前写体育类的随笔，基本上是兴之所至，走到哪儿算哪儿，并没有一个明确的任务放在面前，而《粤港周末》的专栏则是职业联赛性质的，每周一篇，决不能落下，不论出差与否，都得及时交稿。说实在的，我有点踢职业足球的味道，以前是兴之所至，兴趣盎然，而变成"联赛"之后，想踢也得踢不想踢也得踢，踢得好得踢，踢不好也得踢。这中间，我有两次以上打退堂鼓的念头：我以前帮一些报刊开过专栏，全部都是"半拉子工程"。这一次居然坚持到年底，顺利完成了报社交给的任务，这说明足球魅力的巨大。因为每次我准备撤退的时候，足球总是能够产生一些激起我兴趣的话题，让我无法退出"联赛"。

在这一年内，我对一些比赛作了比较大胆的预测，基本上还准确。比如，我说"申花雄师"时，用一头狮子能将一群羊带成狮子，而一头羊则会把一群狮子变成羊，1997年申花队从老斯到安杰伊的过程就是一个"狮"与"羊"、"羊"与"狮"变化的过程，对八一"野战排"和天津"工兵营"的定位，也料事准确。"野战排的作战力量别人不可小视，但野战排自己却不可自视强大，否则就会重蹈贾秀全的覆辙，它毕竟是一个排"，事实上庄连胜就蹈了贾秀全的覆辙，如今再度为保级苦战，弄不好就创八一队降级的先例。1997年天津队像95、96一样再度历险，津门工兵正热血沸腾为天津的荣誉而战，因为这之前万科队已从甲B掉入乙级的深渊。对中国队在冲击十强赛形势的预测，我始终坚持中国队"好球运"的观点，事实上中国队在十强赛上的运气奇好，从来没有的好，虽然屡次错失战机，但命运一次次拯救中国队，几度让中国队从悬崖上起死回生，但遗憾的是中国队的指挥部出了问题，一次次定位失败，一次次错误估计形势，便将到手的良机奉送出去，辜负了千载难逢的机会。在若干年之后若干次比赛中，我们会无数次觉得这一次的球运是那样的极佳。人们常说"稍纵即逝"，而这一次纵了又来，百折不挠，成心偏爱中国队。可幸运之神的爱竟被中国队一次次踢出门外，每次都是那么准确，那么有力，而幸运之神又那么缠绵，那么痴心不改、矢志不移，最终才很不情愿地投到伊朗人的怀抱。

预测只是一种想象和分析，我没到料事如神的地步，对甲A的预测失误，就是我曾大胆断定大连万达的不败之身会毁于前卫寰岛队，并估计很可能客场在重庆的大田湾体育场。事实上这场1997甲A的开场战，万达依然斩寰岛于马下。但仿佛是为了验证我预测的可信程度，在足协杯赛上，前卫寰岛人硬是两度将大连万达这样的巨无霸拉下马，使他们丧失了"双冠王"的最佳良机。这一举动，绝不是对我的安慰赛，而是寰岛的能力所致。

按记者为足球球员打分的方式，自我评估一下我在1997年在《门外论道》的表现，大约可得8.5分。